COLLECTION FOLIO

Alain Gerber

Balades en Jazz

Gallimard

Cet ouvrage a été réalisé sous la responsabilité d'Olivier Barrot,
codirecteur de la rédaction de *SENSO*.

Alain Gerber a inventé la biographie romancée des musiciens de jazz, cette pulsation née en Amérique dont il est le plus intime ami. Il met ici en scène plusieurs figures de feu.

Pour Claude Durand

L'enfant qui rêvait d'être vieux

J'avais quinze ans quand enfin, grâce à la musique, in extremis je suis entré en enfance. Je n'y comptais plus alors, mais, tant d'années plus tard, je m'y attarde encore. Avec des voluptés de dormeur du dimanche dérivant entre deux sommeils. Rien ne vaut l'enfance, une fois qu'on a été dispensé de jeunesse. L'enfance des enfants, elle, est une chose affreuse, dont on se console — mal, le plus souvent — à coup de chevaux de bois et de glaces à deux boules. En ce temps-là, l'enfant sage cultivait le désir, certes puéril, d'être pris pour un petit vieux. Quelques années plus tôt, il s'était rendu à l'école en canotier ou chapeau melon : il gardait de ces pratiques solennelles comme une aura, une prédestination. Quant à l'insoumis, bête noire des instituteurs, celui-là avait depuis longtemps renoncé aux privilèges de son âge. L'un, donc, ne rêvait que de devenir grand ; l'autre avait grandi plus vite que sa taille, comme ses mots avaient grossi plus vite que sa bouche. L'important pour chacun était de quitter l'état d'innocence. Toutes affaires cessantes. De se tirer de ce guêpier dare-dare. De se ruer sur les cigarettes, le vin épais et les propos grivois. De courir à la rencontre des odeurs, des sueurs, des fatigues, des fumées qui s'élèvent des chevaux tristes, accrochés à des camions de livraison et remâchant de mauvais souvenirs, retenus à un poids de fonte devant chez le coiffeur, sous les réclames du Saint-Raphaël, du Job et des peintures Ripolin. De courir à perdre haleine, empêtré dans sa première paire de pantalons, le crâne bouilli sous la casquette, vers les sirènes, les fabriques et leurs garages à vélos, les échoppes où l'on a son ardoise, les abattoirs et les accordéons. On trimbalait depuis sa naissance, sans la comprendre, sans la discuter, une formidable nostalgie des dancings et des estaminets où l'on n'avait pas encore mis les pieds, un irrésistible attrait pour les rasoirs à manche de corne, les lueurs du faubourg, les lampions du bal et les braseros de grévistes, dans la cour de l'Alsthom.

On rejoignait à marche forcée les dimanches du travailleur. Les grands dimanches où l'on sort son taupé de la boîte, du papier de soie : les gants de son mariage, et où l'on croise la patrouille montante, baïonnettes au clair, devant le Rex ou l'Eldorado. Si ça se trouve, on ira aux

Forges, marcher sur la glace, ou derrière le marché couvert, attraper le car de Lepuix Gy…

Les beaux dimanches sous la Miotte, les beaux dimanches sous la tonnelle. Les allées du jardin croustillent de doryphores et l'air est lourd de l'haleine des clafoutis. Les crépuscules sans fin, aux longs échos… Ce que j'aimais, c'est la couleur, tu sais, orange…

Les sombres dimanches de pluie et de migraine, où l'on soupire, assis devant les cartes, tirant sur ses bretelles, broutant un mégot de Celtiques et attendant que le mur vous parle…

Puis — de tout temps c'était écrit — on irait relever un bambou posé parmi les herbes, au bord de l'étang. On sauterait du plus haut plongeoir de Bas-Évette, ça n'allait pas tarder. On triompherait devant la compagnie, dans une gerbe d'eau rousse et de gardons volants. Car on brûlerait de faire sensation (un gosse, lui, ne peut que faire l'intéressant). On serait impatient de voyager debout sur la plate-forme du tramway, au cœur de l'hiver, et d'être hélé par les mauvaises femmes. Impatient de charmer la fiancée d'autrui en remportant le kilo de sucre à la loterie foraine. Impatient des soirs de paie et de leurs rites sanglants, devant les portes du Luxhof. Impatient de mener la danse dans les bordées de conscrits farauds, débraillés, tout permis, brandissant des clairons et des quilles de bois, ricanant aux abords du lycée des filles, constellés de cocardes et tamponnés de baisers rouges tels des trous au côté.

Tout ce que l'enfance fait mine de vous promettre, mais vous refuse avec acharnement — par exemple la bienheureuse ignorance, l'irresponsabilité et son corollaire : l'insouciance des impunis, le sens du romantique, le goût du merveilleux, la croyance au Père Noël, aux souris qui remboursent les dents de lait, aux géants et aux ogres, aux joueurs de flûte, aux destins flamboyants, aux aptitudes vertigineuses, aux malheurs héroïques —, tout cela et davantage, le jazz me l'a offert en même temps qu'il me délivrait d'un coup de mes illusions passées. Quelques vues de New York, Howard Hawks et Orson Welles, William Faulkner et Dashiell Hammett ont achevé le travail. J'ai découvert l'Amérique au fond de moi. Une Amérique à ma façon, dont l'Amérique des cartes de géographie ne connaît pas le chemin et où, si ce n'est de quelques poètes, de quelques réprouvés, aucun Américain n'a jamais vécu ni même souhaité de vivre. J'étais féru de *Sissi impératrice*. Le jazz m'a déniaisé d'une façon paradoxale : en m'ouvrant les yeux sur un nouveau mirage, autrement plus massif, autrement plus tenace que l'ancien. La preuve en est que, à l'heure où j'écris, je ne cesse pas de l'habiter. S'il n'en subsiste que des vestiges — comme de l'Alsthom, des jardins ouvriers et de presque toutes les choses d'avant —, moi je n'y suis pour rien, et ces restes encore monumentaux, d'ailleurs, n'ont ni plus ni moins de réalité que la ville de Venise qui, prétend-on contre toute évidence, existe vraiment. N'en déplaise aux rationalistes, il y a des mirages concrets. La matière, elle aussi, se laisse prendre aux sortilèges. J'ai découvert au mois de décembre 1958, grâce à Henri Baudin, le *Man I Love* de Miles Davis, Thelonious Monk, Milt Jackson, Percy Heath et Kenny Clarke, comme un chant tombé des étoiles, une eau lustrale versée sur moi du plus haut de la plus haute sphère. Chaque note était codée, alors j'ai entrepris de me décrypter moi-même. Ou de me crypter, je ne sais plus. En tout cas, j'ai découvert *L'Homme que j'aime* et, sur-le-champ, je me suis mis à inventer ce que j'entendais et à m'inventer à l'unisson, et à reconstruire autour de nous, sans consulter la notice de montage, mais dans l'ordre qu'imposait l'impénétrable logique de ma découverte, tout ce que je croyais savoir du monde et tout ce que je ne voulais pas en connaître. Le jazz que j'imagine depuis lors n'est qu'une apparence, j'en conviens sans peine. Mais c'est une apparence, selon moi, autrement plus tangible que tout ce que je peux toucher du doigt.

J'ai tenté de faire croire le contraire (non sans un certain succès parfois, au point d'en avoir tiré l'essentiel de ma subsistance), mais je n'ai jamais rien compris à cette musique, ou si peu. Comprendre fut précisément ce dont, à mon insu, je désirais m'abstenir, dans l'espoir que ce serait cette musique qui, elle, me comprendrait. Je veux dire m'absorberait, me mettrait dans son ventre, au terme d'une sorte d'accouchement à rebours. Le jazz, pour peu que je n'aie pas raté ma vie, j'aurai vécu dedans. Les milliers de pages que je lui ai consacrées auront toutes été des lettres persanes. Les messages d'un candide qui, faute d'avoir les yeux en face des trous, voit trouble, voit du trouble partout, et, le cœur ému en permanence, n'a plus que des prodiges à contempler. D'aucuns affirment que le jazz est « une façon de vivre ». Je ne me prononcerai pas là-dessus : personnellement, je n'en connais pas d'autre. Je suis la partie émergée de l'iceberg ; le jazz navigue par-dessous.

Voilà tout le secret : j'ai écouté *The Man I Love* des centaines de fois, en son entier, et pourtant je n'en suis toujours pas venu à bout. Je suis un

Miles Davis quitte le Zénith dans sa limousine.

nostalgique invétéré qui ne regarde jamais par-dessus son épaule, parce qu'il n'a pas besoin de ce geste pour savoir que sa musique est là, intacte — toutes les musiques qui lui ont un jour servi de fondations, de tremplin ou de planche de salut. La plupart, bien sûr, on ne les écoute plus. Ce n'est pas qu'on les connaît par cœur : on rêve qu'un beau matin on ne les reconnaîtra plus. On rêve de retomber amoureux d'elles. De retomber en enfance, même si pareille chimère démontre qu'on n'a jamais quitté cette destination improbable. Imagine-t-on plus grand luxe que celui-là ? Vous entriez à la petite école, jadis : si vous versiez des larmes, déjà l'on vous exhortait à ne pas « faire l'enfant ». Les enfances, où les journées sont si longues, ont toujours été trop courtes. Les publicitaires, qui réclament des consommateurs, et la psychologie moderne, qui fabrique des « personnes » avec tout ce qui bouge, en ont fait une peau de chagrin. Pendant ce temps, l'adulte s'infantilise. Et de la pire manière : celle qui consiste à s'abêtir. On le voit emporter une cour de récréation, sinon un tas de sable, à la semelle de ses souliers. Il faut une vraie passion pour échapper à cette déchéance. Il faut un grain de folie furieuse pour reconquérir le territoire perdu, le « vert paradis », et, de ce qui fut toujours une fable fragile (celle du sanctuaire, celle de la plus heureuse période de l'existence), faire jusqu'à la mort votre *irréalité quotidienne* : une chose qui n'a peut-être pas de substance, mais qui, au moins, ne finit pas avant d'avoir commencé.

L'enfance de la vie, ça n'a aucun avenir, c'est rien que des bêtises. L'enfance de l'art (car, bien sûr, le jazz n'est pas le seul à produire de telles hallucinations, suivies de telles métamorphoses) n'a d'autre fin que la vôtre ; c'est une vérité qui déborde non seulement la science, mais les sagesses, les morales et les religions. L'enfance de l'art ne se vérifie pas : vous en êtes le vivant témoignage, contre le monde entier s'il le faut. Au moment de pénétrer dans le laminoir, dans l'âge adulte, dans l'*adultération* des songes, vous avez bifurqué sans crier gare et emprunté le chemin des écoliers — et tout à coup l'enfance a cessé d'être un leurre, pour la raison que l'art, contrairement au réel, ne saurait en être un. Je vous rassure : on ne devient pas immortel pour autant. Au contraire, on chérit des œuvres grâce auxquelles on meurt un peu beaucoup tous les jours. On prend de l'avance sur son agonie. On visite son enfer hors saison, via l'appartement témoin. Du bout du pied, tels les baigneurs à Cabourg, tâtant la mer devant le Grand Hôtel, on prend la température de la tombe. Seulement voilà, on gagne sur les deux tableaux : on a la veine de vivre sa mort sain et sauf. On existe entre des parenthèses, presque pour de faux, mais très intensément. Bref, c'est l'enfance elle-même. L'enfance des images, des vieux livres rouge et or de distribution des prix, des confidences murmurées, des indiscrétions des vieilles gens, des grandes espérances et, pour finir, des promesses non tenues. C'est l'enfance dont notre enfance nous avait privés (sauf le jeudi après-midi, à l'époque où l'on pouvait encore jouer à Cassidy et d'Artagnan au milieu de la chaussée, à l'époque où l'on se construisait ses jeux vidéo sur le trottoir, de ses propres mains et au moyen de sa propre cervelle, une épée de noisetier à la main). L'enfance que nous étions si pressés d'abdiquer. *L'Homme que j'aime* débarque, et il vous restitue votre couronne. Voici les monts et les merveilles, on ne vous les reprendra plus. Voici vos vaisseaux brûlés, sillonnant de nouveau toutes les mers. Voici pour de bon, pour ce que la musique a de meilleur, l'île au trésor, le vent debout, la guerre du feu, cinq semaines en ballon, le capitaine Fracasse, les chiens et loups de Jack London, Bournazel l'Homme rouge, Robin des bois, le Tueur de daims et le Dernier des Mohicans, Hyde et Jekyll, et moi, et moi, et moi… Attendez ! Ce n'est qu'un début. Il y a plus de choses dans la musique que non seulement votre philosophie, mais votre imagination n'en pourra jamais contempler. On sent que ces choses-là sont

faites pour durer. On sort du cinéma pour retourner dans ses rêves, qu'on prolongera dans ses amours. On revoit la couleur orange, tu sais, chaque fois que l'on ferme les yeux.

Miles Davis et John Coltrane au café Bohemia, New York, 1956.

Le grand nulle part

C'était un samedi matin, en décembre 1958. Un matin de cendre et de ciel las, j'imagine. Dans une salle du lycée de garçons de Belfort, Henri Baudin nous a fait découvrir l'enregistrement de *The Man I Love* que Miles Davis, Milt Jackson et Thelonious Monk avaient réalisé quatre ans plus tôt, presque jour pour jour. Nous étions deux, en classe de seconde, à porter des feutres, deux à nous monter la tête de toutes les façons possibles. Comme *Le Bruit et la fureur* que nous nous déclamions l'un à l'autre la nuit sous la tente, dans les montagnes, comme *Idylle alpestre* et *La Lumière du monde* d'Ernest Hemingway, cette musique nous a paru l'écho d'une autre galaxie, le message d'une énième « dimension ». Il était pour nous indéchiffrable, sans appel, et nous l'avons aimé dans cette mesure. Aimé crânement, par bravade. Aimé ? Oh ! c'est peu dire. Les amours désespérées ne vont pas sans passion. Si, au surplus, elles peuvent être clandestines...

Sur le jazz pesaient encore, en ce temps-là, bien des interdits. Les usages, le bon goût, le bon sens, la décence provinciale en réprouvaient la fréquentation. On mettait moins d'énergie à nous en détourner, toutefois, que lui-même d'insistance à nous tenir à l'écart. Il n'avait rien contre nous ; il suivait sa pente, en conformité avec sa nature. Il nous repoussait à la façon impartiale et invincible du pôle négatif des aimants. S'il était notre luxe et notre scandale, nous n'avions aucune chance de devenir un jour les siens. Si nous ne le comprenions pas, il ignorait, lui, jusqu'à notre existence. Son étrangeté nous brutalisait : nous lui étions parfaitement étrangers.

Il n'incarnait pas seulement l'ailleurs des musiques que nous connaissions, l'ailleurs des musiques apprises ou admises en cette ville, l'ailleurs des musiques qui élèvent l'âme et de celles qui donnent le samedi soir des fourmis dans les jambes. C'était un ailleurs irréductible, à jamais irréconcilié avec nos idylles, nos lumières, notre tumulte et nos colères, nos saisons. Une région appartenant à un ailleurs absolu, où nous avions logé tout ce qui s'acharnait à ne pas nous connaître. Et nous avions trouvé un nom à cette contrée, un beau nom de pays imaginaire : l'Amérique. Alfred Jarry (auquel Henri Baudin venait aussi de nous initier) avait écrit « La scène se passe en Pologne, c'est-à-dire nulle part ». Notre Amérique se trouvait dans ce coin-là. Du côté des mirages. À l'angle de *Sunset Boulevard* et de *La Rue de la Sardine*, non loin de Xanadu. Aux confins de l'*Asphalt Jungle* et du *Cauchemar climatisé*. Dans les parages du *Grand Sommeil*, de la tendre nuit de Scott Fitzgerald, du matin de Nelson Algren, qui se faisait attendre, et des petits déjeuners de Truman Capote chez Tiffany.

La clé de nos songes était, bien entendu, une clé de verre. Elle s'est brisée, quelques années plus tard, dans la serrure de la réalité américaine. De fil en aiguille, d'ignorance en illusion, nous avions fini par imaginer que les États-Unis ressemblaient à notre Amérique. Pire : nous avons cru un beau matin qu'on pouvait pointer notre Amérique sur la carte, là où son nom, comme par hasard, était écrit. Nous sommes devenus raisonnables. Nous avons renoncé à bien des choses ; nous en avons renié bien trop. Nous avons égaré nos chapeaux dans le vestibule de l'âge. Nous avons couru pour échapper à notre enfance. Nous avons professé, fidèles aux bons ouvrages, qu'Orson Welles et William Faulkner étaient « les produits » d'une histoire, d'une mémoire, d'une langue et d'un climat, et que le jazz était « la seule forme d'art authentiquement américaine ».

Ce brevet le rendait moins étrange, assurément, mais aussi, tout à coup, les étrangers que nous restions face à lui se trouvaient en situation d'obtenir un visa, voire un permis de séjour sur son territoire. On se rouille, on se lasse, on se tasse, on s'abaisse en dessous de ses chimères. Nous n'avons pas résisté à la tentation de la reconnaissance. Nous avions oublié que, si nous l'aimions tant — *à la folie*, littéralement —, c'était parce que d'emblée, à la faveur d'une révélation fulgurante, il n'avait pas voulu de nous.

Et puis nous nous sommes rendu compte — avec soulagement ? je souhaiterais m'en convaincre — que toutes ces choses de notre Amérique, nées aux États-Unis, enfantées par eux, étaient l'ailleurs qu'eux-mêmes se désignaient. La zone. Une friche, abominable, aux marches des ténèbres. Là-bas, on matraquait Miles Davis, Thelonious Monk, Bud Powell, Art Blakey, avec une volupté toute puritaine. On écrivait aux jurés du prix Nobel, pour dénoncer leur hommage à Faulkner comme une célébration des turpitudes. « Rosebud » était un mot inscrit sur la *blacklist* des grands studios, lesquels empêchaient Welles de tourner ses films. (Alors, il allait faire le magicien à Las Vegas, espérant encore financer son génie avec la menue monnaie de son impuissance.) Raisonnables, toujours, au point d'en devenir rationnels, nous nous sommes dit que ces attitudes, pour insensées qu'elles fussent, n'étaient pas sans cohérence. *Lumière d'août* faisait de l'ombre au rêve américain, bien sûr. Le citoyen McCarthy ne pouvait décemment tolérer *Citizen Kane.* Et la gestation du jazz avait été tout d'abord, de source sûre, africaine. Qui eût contesté ce fait ?

Qui donc ? L'Afrique. En 1966, je suis parti pour Ouagadougou, mercenaire philosophe, avec au fond de ma cantine quarante-huit microsillons triés sur le volet. Quarante-huit fois cent ans de solitude… Le jazz était en exil dans sa Jérusalem, Juif errant parmi les fondations du Temple. Il y semblait ailleurs plus que partout au monde. Les lions qui dévoraient encore quelques dames par-ci par-là, sur les marchés de la périphérie, bâillaient en sa présence. Né à Brooklyn, antillais par son père, futur fondateur à Tanger de l'African Rhythm Club, le pianiste Randy Weston, héros discret d'une forme tardive du « retour en Afrique » à la Marcus Garvey, reçut au palais des fêtes, gardé par deux éléphants de ciment brut, un accueil qui, n'eussent été les efforts de Chief Bey, son percussionniste d'origine sénégalaise (la voix du tambour de brousse suscita quelques extases dans les travées), aurait évoqué plutôt le retour à l'envoyeur. Le jazz était un ailleurs vers lequel, semblait-il, aucun Voltaïque n'eût émigré de son propre mouvement.

Non pas un ailleurs trop lointain (les ailleurs sont faits pour cela, après tout), mais un ailleurs inutile. Un en-deçà des rêves déjà réalisés. Une vieille lune de caniveau. Oserais-je dire un charme de gouttière ?

Le 1er juillet 1968, j'ai regagné la France. On croyait voir une buée de lacrymogène flotter sur les pavés. La nuit venue, de grosses mouches bleues, bardées de cuir et de métal, hérissées de gourdins, bourdonnaient aux basques des garçons en cheveux, le long du boulevard. Marie-Joséphine et moi, nous nous sommes réfugiés au défunt *Caméléon* de la rue Saint-André-des-Arts. Mais le caméléon, c'était lui ! Je veux dire le jazz. Voilà qu'il prenait à volonté toutes les nuances de l'arc-en-ciel. Mangeait à tous les râteliers. Moissonnait les cultures du voisin et, en échange, mais il valait mieux ne pas le crier sur les toits, fumait distraitement ses labours. Rome n'était plus dans Rome. Le jazz était allé voir ailleurs s'il y était. Il n'en est pas revenu. Il n'y aurait guère que dans sa propre maison qu'il ne se sentirait plus tout à fait chez lui. Sonny Rollins disait : « Vous devez avoir un ailleurs où aller. » Charlie Parker l'avait affirmé avant lui. Plutôt que d'affronter une telle odyssée, la traversée des apparences qui avaient été sa chair et son sang, le jazz était devenu l'ailleurs du jazz. Il ne reconnaîtrait bientôt plus son reflet dans la glace. Tantôt il fomenterait des émeutes contre cette image ; tantôt il s'essoufflerait à la singer. Le jazz, ce serait l'autre, désormais. L'autre du jazz. Ou bien son enfer, ou bien son paradis perdu. En tout cas plus rien qui fût de *ce* monde.

C'est l'évidence, son passé est ailleurs. Son avenir est ailleurs, on ne peut plus en douter. Le sang s'est retiré des veines de la nuit : est-ce l'aube pour autant ? Une histoire s'achève. Une autre mûrit peut-être ; dans les tréfonds, si ça se trouve, on l'entend gargouiller, faire des bulles. Bon, le jazz est mort (il ne pourra pas dire qu'on ne l'avait pas prévenu). La vitalité des jazzmen, en revanche, est extrême. Il ne lui manque qu'une destination. Quelque part où projeter son désir hors de sa jouissance. Un ailleurs insoupçonné, qui l'attend néanmoins. Je ne sais pas, moi... Une Pologne pour somnambules... Une Amérique des commencements d'un nouveau Nouveau Monde — cimetière de téléphones portables sur catacombes d'ordinateurs... Une Afrique du lendemain des sacrifices... Un Belfort de derrière les fagots, où les lions parlent à l'allumeur de réverbères... Non ? Quelque chose de plus simple, alors. Quelque chose de ténu, à quoi l'on se raccroche pourtant... Une ombre fugitive, un écho volatil, un ange qui passe, un vertige, un silence incertain — mais *tout là-bas*.

Et Stan Getz m'a vu...

pour Élisabeth Samama

Le Chat ne pêche plus la lune
dans le caniveau, dans la brume,
dans un reflet bleuté d'enclume
au coin du jour et de la nuit...

Quartier Saint-Séverin, fin des années soixante. La tête rentrée dans les épaules, on louvoyait entre les piquets de CRS, plantés au bas du boulevard dans un embouteillage de fourgons cellulaires, derrière des boucliers ronds. On s'enfonçait dans un très vieux dédale, le chemin des escoliers de Rabelais, depuis ces années policières devenu repaire du pâtissier mauresque, du pizzaiolo survolté, du Bulgare à dents bleues, qui joue les Grecs et tourne la viande au fond d'un trou creusé dans la muraille. Le Styx n'était pas loin, ce temple de l'horreur permanente à tarif étudié, où se menait dans la pénombre un chahut rituel, une sorte de monôme assis — le Styx dont l'enseigne, pour autant que je m'en souvienne, était, clouée sur la façade, une carcasse livide figée dans une chute éternelle, une noyade à sec. Chauve comme le genou, cette figure n'en personnifiait pas moins les cheveux dressés sur la tête. On se faufilait dans la buée des couscous, le long des affiches squameuses, des pourceaux tourniquant à l'étalage sur des braises de carton peint, comme pour un Noël aux Galeries Lafayette. On naviguait entre des bancs de poissons morts et de laitues fossiles, collés à des vitres servant d'urinoir aux mouches, posées du temps de la très sainte vierge Geneviève (n'en déplaise aux esprits crédules, la pauvre fille n'aura pas écarté de Paris tous les désastres). Là-bas au bout, juste avant que la venelle ne débouchât sur la rue du Petit-Pont, le *Chat* nous attendait, le *Chat* le plus bleu du monde. Cela se voyait à son air, il avait avalé une souris. Par tous les temps, assis devant sa porte, il nous regardait, avec cet impassible contentement des mistigris, courir à lui, humides de la dernière averse ou d'un bain de sang dans les douves des Enfers d'à côté, où l'on avait contribué aux turbulences sorbonicoles.

Que fuyait-on ? Certainement pas les matraques. La messe était dite ; elles s'étaient lassées de bénir à tort et à travers. Alors quoi ? La « réalité », sans doute. Et ce n'est pas une telle affaire. Tout le monde fait ça. Tout le monde se sauve de ce monde sans le quitter. Tout le monde, un jour ou l'autre, court vers des lieux imaginaires qui, par chance, existent vraiment. Il y en a pour tous les goûts, dans toutes les langues. Là où il n'y en a pas, on en fait venir exprès les samedis soir, les beaux soirs de fête. On les installe sous des toiles de tente, à l'entrée du village. Les garçons s'y laissent tamponner la chair d'un cachet bleu, comme à l'abattoir, et les filles portent en équilibre sur la nuque le nid précieux de leur chevelure. Chacun réclame ses illuminations. Qu'allait-on fuir au fond des souterrains ? La lucidité, je veux bien, la vigilance. Mais aussi le sommeil. Le temps perdu, quand il y a tant de rêves à rêver les yeux ouverts. Sur le pavé de Saint-Séverin, on fuyait, je crois, le pas lourd des années. Les murs criaient : « Cours, camarade, le vieux monde est derrière toi ! » Ce que nous voulions semer, nous, par souci d'enfance, c'était notre avenir. Le pas des années ne nous collait pas encore aux semelles : la jeunesse a de ces luxes. Pour peu de temps, le jazz continuait à marcher en avant de son ombre. Il nous montrait le chemin. Il nous ouvrait la route. Si nous nous sentions fatigués, il nous laissait grimper sur son dos.

Accrochés à son cou, on descendait en ces asiles équivoques. Le *Chat* était le plus exemplaire. C'était l'endroit où imaginer que les horloges sont sans aiguilles, que le jour ne sert à rien, que la Terre, miséricordieuse, ne tourne plus, de sorte que nos années puissent aller aussi bien dans un sens que dans l'autre, au gré des violons du bal. D'un escalier en colimaçon, où erraient des lueurs rousses, des ombres de train fantôme, prêtes à vous passer la main dans les cheveux, vous plongiez dans une aurore sans matin de rizière annamite, juste après la pluie qui avait laissé comme une suée contre la voûte et faisait naviguer un brouillard au-dessus des nuques à l'offertoire. Une rumeur insistante voulait que l'on priât, en ces catacombes, un dieu noir priapique, qui sanglotait, hilare, et mangeait les petits enfants, à peine venait-il de les faire.

Au fond de la cuvette, au centre des vapeurs, de puissantes échines, courbées sur des pipes, halaient des fûts, des buffets, des sarcophages et tout un opulent bric-à-brac de cuisine flamande, luisant dans le clair-obscur. Elles retenaient à la tourbe du *Chat*, arc-boutées contre la tempête, des soucoupes volantes en cuivre guilloché. Au moyen de ces socs de légende, les attelages labouraient les entrailles fumantes de la musique et retournaient sa cendre pleine de paroles et d'écailles de dragon, qu'ils repoussaient du sabot avec indifférence, à la recherche d'un petit rien du tout tout neuf dans une boîte en fer-blanc, que quelqu'un avait placé là quand la terre était vide et vague, quand le monde était si jeune que rien ni personne encore, pas même les fleurs de cerisier, n'y avait appris à mourir. Dans les caves du jazz, on tuait le temps comme on tue le cochon : afin d'en exprimer chaque suc, la moindre goutte de sang. Afin d'en distiller chaque arôme, d'en sublimer chaque humeur. D'en fondre chaque miette avec notre salive. D'en lustrer tous les os jusqu'à ce qu'ils brillent dans le noir, telle une collection de porcelaines. Ce qui nous tue, cela même, on se l'incorporait, cannibales immortels de nos propres cadavres. Tenaillés par cette faim de primitifs, nous avions les oreilles plus grosses que le ventre.

Et là, un jour, j'ai vu Philly Joe Jones. Arrivé le dernier, j'ai dû en quelque sorte m'asseoir sur ses genoux, mais il ne s'est aperçu de rien. Il a continué de battre son aire, dans un poudroiement d'opaline, environné de tumulte. Il suffisait qu'il baissât les yeux sur ses caisses pour que leurs peaux se missent à trembler. L'air surchauffé vibrait à l'unisson. Les murs ondulaient en cadence. Le sol se mettait à tanguer. L'été sonnait sa cloche à toute volée. On se tenait à son chapeau, pour ne pas perdre l'équilibre.

Et là, j'ai vu Stan Getz. Et Stan Getz m'a vu. Nous faisions pourtant de grands efforts pour ne pas nous regarder. Nous étions l'un devant l'autre parmi les tabourets. Lui comme absent, moi plein de gêne, debout, désemparés dans le jour terreux du soupirail, retenant notre souffle et respirant ce fumet de boucane que laissent les nuits blanches. Son saxophone amati pendait au bout de son bras. C'était un samedi après-midi au Chat qui pêche, une heure où l'envers du décor, hélas, c'est le décor lui-même (on paierait cher pour n'avoir jamais connu cela). Dans un bistrot voisin, pour des fadaises, il s'était mis à trépigner, plus rouge qu'un lampion chinois, avant de fondre en larmes sous l'œil en coin des manilleurs. Il avait, en apparence, tout oublié de la scène. J'en remâchais seul l'humiliation. Car lorsque je l'avais rencontré dans des disques où il avait à peine plus que mon âge, une douzaine d'années plus tôt, je l'avais pris pour un roi de ce monde. On prend toujours les musiciens pour ce qu'ils ne sont pas : on les prend facilement pour leur musique, en particulier. Sous mes yeux, le géant s'était métamorphosé en un enfant

Philly Joe Jones, drummer, pendant une répétition pour l'album de John Jenkins.

gâté. Haïssable, irascible et précaire. Mais c'était moi seulement qui tombais de mon piédestal. Pourtant, je ne pouvais pas si tôt renoncer aux illusions de la jeunesse, laisser moisir au fond du sac la poudre aux chimères, la semence encore verte d'un pur amour. Alors, en catastrophe, j'ai fredonné un de ces airs qui avaient couronné Stanley Getz dans mes songes, autrefois. *Hershey Bar.* Alors, il a tourné les yeux vers moi, il a eu ce sourire un peu gommé, il a porté son saxophone à ses lèvres, il a soufflé. Il a soufflé cet air-là et bien d'autres que je connais par le cœur : rien que des airs de ce temps-là, comme s'il avait toujours su à quel point, dans ma ville, je l'avais aimé à travers eux, et puis eux à travers lui. Ses phrases lisaient en moi à livre ouvert. Jamais un concert n'aura été aussi privé que celui-là. Le secret qui me fut révélé, cependant, vaille que vaille il m'appartient de le divulguer. Tous les soupirants de la musique recherchent ce sésame. Je le possède sans le comprendre. Quelqu'un finira peut-être par déchiffrer l'énigme.

J'ai dit que la nuit était rousse, de l'autre côté du fleuve et sous les arbres du presbytère, quand je suis sorti. J'ai déjà conté cette histoire. Je la conterai encore. On ne peut pas revenir de tout. Or *tout est là*, justement, mais quoi ? La question me poursuit. Et puis Stan Getz est mort sans moi ; le *Chat* s'en est allé tout seul ; Paris a bien changé. Aveugle, je demeure l'ultime témoin d'un prodige. Aussi longtemps que possible, aussi loin, de case en case, je m'en ferai le griot. Je serai sur un banc, sur la rive, l'écrivain public de cette affaire intime. Le pêcheur à la ligne

attrapant au fil de la plume
dans les eaux basses de sa vie
comme un reflet d'un paradis
où l'on ne saurait pas son nom.

Mysterious Chet

1960

« Je devais me rendre au club, à Viareggio, dans l'après-midi… Comme je ne me sentais pas très bien, j'ai décidé de m'arrêter à cette station-service sur l'*autostrada* pour me faire une injection avant de reprendre la route. Je connaissais les lieux. Je me suis rendu dans les toilettes pour hommes, mais j'ai eu beaucoup de mal à me piquer. Je suis resté là-dedans un peu plus d'une demi-heure. Il y a un coup à la porte. J'en avais terminé, j'avais remisé mon attirail. C'étaient les flics. Ils m'ont demandé de les suivre… Un quart d'heure plus tard, j'étais libre. » D'après les journaux italiens, on avait découvert Chet Baker jeté comme un seau d'eau sur le carrelage, éclaboussé entre le mur et la cuvette ruisselants de son sang. Sur un oreiller de vomissures, son beau visage était marbré de bleu. Il avait une seringue clouée dans le bras, plus effrayante à voir, avec sa frigidité d'éprouvette graduée, qu'un manche de pic à glace émergeant d'une nuque, au matin sur les quais, ou sous la lune dans le quartier des abattoirs. La douce lumière toscane tamisait les ombres de ce tableau. Mais, dehors, le soleil du mois de juillet cherchait à entrer, arc-bouté contre le béton, poussant de toutes ses forces, vibrant de tous ses muscles, grinçant des dents, les yeux brûlés d'une sueur acide.

Je n'y étais pas. J'écoutais *Moonlight in Vermont* ou *Moonlight Becomes You. But Not For Me. Line For Lyons. There Will Never Be Another You.* J'écoutais sa musique dans mon coin. J'écoutais sa musique murmurer sous les fenêtres, déguisée en matin d'avril, s'attarder avec la poussière d'or dans les arbres du square, donner des rendez-vous le long des voies du chemin de fer, souffler sur des blessures irréelles, mais profondes, lever un coin du voile pour faire croire qu'il y avait par là-dessous des questions, des mystères. Regretter en mon nom des choses que nous n'avions encore perdues ni elle ni moi, pour le plaisir de la nostalgie, l'insouciant plaisir de mourir un peu quand on a toute la vie devant soi.

1961

Au terme d'un procès rythmé par les révélations de la presse à scandale, Chet purgeait une peine de quinze mois à la maison d'arrêt de Lucques. Il s'estimait chanceux : le ministère public avait réclamé sept ans de réclusion. Avant de quitter les États-Unis, il était passé par Rickers Island, passé comme une lettre à la poste. Chet était de ces hommes que la prison embête mais n'atteint pas. Plus que l'instinct, il avait le don de survie. Il paraît qu'il travaillait là-bas son instrument deux heures chaque jour ; mémorisait des mélodies qu'il avait composées (car il n'écrivait pas la musique et ne la lisait guère) ; apprenait l'italien avec une facilité confondante ; dévorait des livres jusqu'à l'aube, à la lueur d'une lampe de poche. Il jouait aux échecs en compagnie d'un ancien résistant yougoslave qui entretenait sa manie de la clandestinité en cuisinant nuitamment des nouilles sur un réchaud illicite (la tension électrique baissait à cet instant comme dans les pénitenciers d'Amérique, lorsqu'on fricasse un condamné à mort). En échange de quelques cigarettes, paraît-il, le gardien Peccora le laissait seul avec Carol au parloir, le temps qu'ils fissent leur petite affaire : une furtive, une violente affaire d'amour à la verticale, plaqués contre le mur. Il paraît que l'aumônier chargé de censurer le courrier, le père Ricci,

Chet Baker.

comme il ne connaissait pas l'anglais, caviardait toutes leurs lettres, à l'exception des signes de ponctuation, plutôt que d'en laisser filtrer quelque propos luxurieux.

Je n'y étais pas. J'écoutais la musique de Chet remonter aux sources de l'innocence, des étreintes et des saisons, raconter le temps qui passe comme on décrit une longue aurore, raconter les samedis d'automne au bord d'un lac baptisé *la planche des belles filles*, sur la montagne. J'écoutais cette musique refaire le monde à son image, marcher toute seule quand la ville dort, marcher derrière le bruit de ses pas, traverser en dehors des clous, mêler son haleine au brouillard, ramasser les mégots de la nuit.

1966

Deux ou trois jours après la naissance de sa fille Melissa. Il sortait du Trident, un club de Sausalito, son instrument sous le bras. Cinq jeunes Noirs ont surgi de l'ombre. Ils se sont jetés sur lui. Ils ont pris son argent. Avec les compliments du revendeur en chef qu'il avait omis de régler, ils l'ont criblé de coups de pied. Dans les jambes, entre les jambes, dans la tête, dans les gencives. Ils ont brisé une de ses incisives. Depuis l'enfance, sa bouche était en très mauvais état. Un dentier s'imposait. Il était allé vivre chez sa mère avec Carol et leurs trois enfants. On attendait en retenant son souffle le chèque de l'aide sociale. Il prétendait travailler dans un poste à essence. À la dérobée, les deux femmes l'observaient, essayant de tirer un son, un seul, de sa trompette, des heures durant, et n'y parvenant pas. Il lui faudrait reconquérir chaque note l'une après l'autre, réinventer chaque mot de son vocabulaire. Quand il fut capable de reformer des phrases, il se rendit dans des clubs miteux, des bastringues du bord des routes, où il espérait qu'on ne le reconnaîtrait pas. Le bruit courait qu'on l'acceptait parfois, à contrecœur, dans des jams de misère, et que le plus misérable toujours, au bout du compte, c'était lui. Plus tard encore, lorsqu'il eut récupéré une partie de ses anciens pouvoirs et qu'on le vit se hasarder sur des scènes prestigieuses, au Donte's ou au Playboy Club, Jean-Louis Ginibre, en mission à Los Angeles, écrivit dans *Jazz Magazine* : « Lorsqu'ils le voient arriver, les musiciens terminent le plus vite possible leur set et font de longues pauses. Mais Chet veut jouer à tout prix et, souvent, cela donne un résultat assez pitoyable. Chet est perdu pour le jazz. »

Je n'y étais pas. J'écoutais ses disques faire silence autour des cruautés du temps, passer par profits et pertes le grincement des engins à chenilles, des appareils de torture et des gonds de l'enfer. J'écoutais sa musique s'insinuer en douce

— douce-amère — entre l'écorce et la pulpe, métamorphoser périls et tourments en un luxe de mélancolie, sybaritique, où, si l'on risque la moindre chose, c'est de jouir en gastronome, à la romantique, des chagrins d'amour, de l'usure des passions, du vertige des ruptures, d'être seul mais couvé par la foule solitaire.

1987

Un dénommé Bruce Weber réalisa un film, publié sous le titre, presque trop beau, de *Let's Get Lost* (« Allons nous perdre »). Un jour, j'imagine, par un procédé révolutionnaire, on décollera de la rétine des morts la dernière image que leurs yeux auront vue. Chet n'était pas mort, pas tout à fait, mais il regardait, cette année-là, des choses qui allaient basculer à jamais dans la mémoire d'autres que lui. Il disait à Weber — il ne savait pas que la caméra tournait, il savait seulement que la vie est à portée de la main et qu'on ne tend pas le bras, sauf les très sages et les parfaitement imbéciles —, il disait ce jour-là, parlant de riens, de trois fois petits riens (une chanson sur la plage, un tour d'autos tamponneuses, une promenade en décapotable avec des filles et du vent dans les voiles, tel balcon à Malibu), il disait : « Bien sûr, que je vais regretter tout ça… C'était si beau ! C'était un songe. Des choses pareilles, ça n'arrive pas… »

Je n'étais pas là. J'avais un certain âge. J'écoutais sa musique me glisser dans le tuyau de l'oreille que les soirs qui tombent se relèvent à la fin pour saluer la compagnie ; que je n'avais rien à craindre parce qu'ils me portaient sur leurs épaules, avec les ciels d'ardoise, les invendus des mortes-saisons de l'existence, tel mon père, jadis, sur le chemin qui descend de la Miotte vers l'étang des Forges.

1989

« Le vendredi 13 mai, à trois heures du matin, Chet est retrouvé sans vie dans une petite rue d'Amsterdam, derrière le Prins Hendrik Hotel... On a dit, ici et là, qu'il serait tombé volontairement dans le vide ou qu'il aurait glissé en tentant de remonter dans sa chambre par l'extérieur... Il est plus vraisemblable de penser que, malgré son état dépressif, sa chute est totalement accidentelle[1]. »

Je n'ai pas d'idée sur la question. Je n'y étais pas. Cette nuit-là, je devais écouter sa musique. Je devais écouter cette musique bruissante de confidences se pencher sur moi et se taire, afin que je comprenne, haut et clair, que personne ne meurt jamais. Ni moi. Ou alors pour de rire, ainsi qu'on rendait l'âme sous les marronniers

1. Gérard Rouy, *Chet Baker*, éditions du Limon, 1992.

de la cour d'école, allongé contre les dalles dans sa blouse grise (ou noire à liséré de couleur), il y a, somme toute, si peu de temps. Et bien sûr, je me fichais de tout cela : les remords, les défaites, les grands dimanches et leurs petits gâteaux… J'en savourais la chanson, je m'en léchais les cinq doigts et le pouce. L'éphémère, grâce à la musique, vous rassasie de l'éternel.

On peut dire que je me serai bien régalé.

The passengers

Il y a un style Nouvelle-Orléans, un style Chicago, un style Kansas City et un style West Coast : il n'y a pas de style New York. À l'instant où le jazz, vagabond assidu, vadrouilleur méthodique, posait ses valises dans cette ville, il était déjà loin d'elle et comme en avant de lui-même. Tout juste parvenu au seuil de New York, ayant fait retourner par une femme sans mots le col de son unique chemise, pour faire propre, il laissait New York derrière lui et frappait à la porte de l'univers. Épuisé de ses voyages, immobile au coin de la rue, minuscule entre les piliers du ciel percés de jalousies, il n'avait même pas besoin d'abaisser les paupières pour respirer l'écume et les embruns, ou s'accouder au bastingage des antipodes, prêt à marcher sur les eaux. Dans Mott Street en juillet, recroquevillé sous les horloges insomniaques du quartier des affaires, parlant tout seul avec des machines à coudre au fond d'un atelier de Brooklyn, bivouaquant entre des carcasses de locomotives ou enlisé jusqu'aux aisselles dans les immondices et les écailles du Bowery, il respirait à pleins poumons le vent du large. Le dos tourné aux murs, aux quais, à cette Liberté douteuse et verte qui tourne le dos à la mer, perché en haut du mât, serrant des échardes sur son cœur, il respirait comme on respire l'encens, le musc, le vin et les roses, les épices, l'haleine des galaxies. Il redécouvrait l'Amérique chaque matin, après la dissipation des chimères. Comprenons qu'il la réinventait. Comme il réinventait le monde. Il réinventait New York. Il le reconstruisait pierre par pierre, œil pour œil et dent pour dent. En se retirant des rêves, la nuit du jazz laisse par terre des journaux de la veille et des coquillages qui, si vous les portez à l'oreille, vous en racontent plus long sur vous-même que votre petit doigt.

New York cst bien la capitale du jazz : c'est celle de son cosmopolitisme. Nulle part il n'est aussi universel qu'en cet endroit du monde. Nulle part son nomadisme ne se sent mieux chez soi. Du jour où, après nombre d'hésitations, de tâtonnements, de reculades, le jazz a fait de lui son centre, son centre fut partout. Pour se tourner vers cette Mecque, il suffit qu'un croyant se regarde le nombril. Et vice versa. Le cool californien des années cinquante ressemblait moins au cool qu'à la Californie. Les jazz qui se pratiquent à New York depuis toujours sont tout ce qu'on veut, sauf new-yorkais. À l'exception d'un seul peut-être : la musique de piano, en rupture de ragtime, créée dès les années dix à Harlem par des chasseurs d'ivoire amateurs de havanes qui s'appelaient, entre autres, James P. Johnson, Luckey Roberts, Eubie Blake (il rendit l'âme à l'âge de cent ans et cinq jours, après ce mot superbe : « Si j'avais su que je vivrais si vieux, j'aurais pris soin de ma santé ») et Willie Smith « le Lion », vétéran des tranchées de la Somme — tous jeunes ancêtres de Fats Waller et de Duke Ellington. Encore n'étaient-ils harlémites que d'adoption. Johnson venait du New Jersey, Roberts de Philadelphie, Blake de Baltimore ; seul Smith, né à Goshen, était originaire de l'État de New York. La Nouvelle-Orléans fut, dit-on, un melting-pot, carrefour de hantises, de nostalgies, de bagages, de cauchemars et d'illusions, entrelacs de cicatrices et de scarifications. Harlem, Broadway, Greenwich Village, le Lower East Side, Brooklyn et autres lieux auront été ensemble tour de Babel, cour du roi Pétaud, caravansérail et pandémonium, bourse et comptoir des exotismes, terre d'apatrides, rendez-vous d'exilés, lieu géométrique de l'extranéité générale et de la collection achevée des étrangetés de la terre. Bref, un espace concrètement imaginaire, où l'on ne pénètre que pour garder un pied dehors. Où bien souvent, d'ailleurs, on n'entre qu'à reculons, de manière que les sentinelles jurent vous avoir vu sortir. Car il importe, car il est glorieux, d'avoir son pied-à-terre en ville, quand on est musicien.

Ailleurs, comme à Kansas City, le jazz s'est imprégné de l'esprit des lieux. Autre part encore, il a épousé la physionomie de la ville. Le South Side à Chicago, Hollywood à Los Angeles, ce furent pour lui des moules, autant que des décors. La musique s'est coulée en eux. À New York, même à Harlem, le paysage lui glisse dessus. C'est le périmètre, sans doute le seul, où, quand le jazz est là, Rome n'est plus dans Rome. La géographie du jazz à New York n'a jamais été superposable aux plans du cadastre. Abolie en tel endroit, elle prolifère un peu plus loin, laissant son territoire déborder de la carte. Il fut un temps où la seule 52e Rue faisait le tour du monde. Le Pérou, les cocagnes, la Terre promise tout entière tenaient alors dans le dé à coudre du Minton's Playhouse, 210 West 118th Street, et sur la coquille de noix du Monroe's Uptown House, 198 West 134th Street… L'Apollo avait connu plus de tempêtes et de splendeurs que les galions d'Espagne ; un public vindicatif et sentimental y organisait, pour les artistes, la permanence du danger… En 1936, l'Onyx Club ressemblait au triangle des Bermudes : nul, en s'y risquant, n'était tout à fait sûr qu'il sortirait du piège indemne. Un singe sur l'épaule, un gibus de ramoneur au sommet crâne, l'injure et la raillerie au bord des lèvres, le violoniste Herekiah Leroy Gordon Smith, dit Stuff, y provoquait les gens de toutes les manières, ayant collé une amende à ses partenaires, si d'aventure ils ne s'étaient pas présentés ivres morts au travail. À grands coups d'épaule, leur musique soulevait le plafond, tandis qu'eux-mêmes s'enfonçaient jusqu'aux genoux dans les planches. Bien des visiteurs se remémoraient alors ce saloon du siècle passé qui, aspirant au titre de « pire bouge du monde », avait, affirme un historien, « collectionné et présenté dans des bocaux de formol les morceaux d'oreilles et de nez humains sectionnés par morsure au cours des bagarres »… Au célèbre Cotton Club, des visionnaires qui ne perdaient pas le nord s'étaient mis en tête de disposer jusque dans la quatrième dimension — celle des songes — les insignes d'une primitivité du dernier cri, d'une sauvagerie du dernier luxe. Une chose ultra-sophistiquée, suprêmement tapageuse. Hi-tech à la mode des Années folles. Un parti de franches canailles, honorables sociétaires au demeurant,

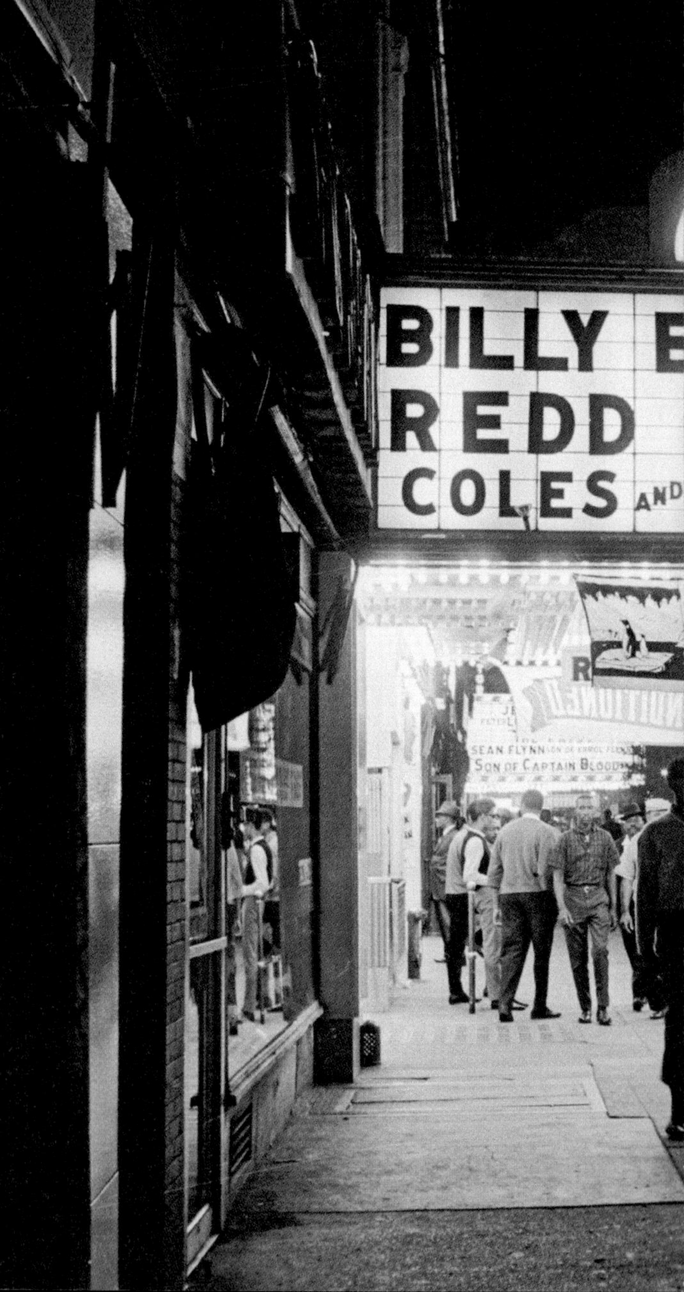
BILLY E
REDD
COLES
SEAN FLYNN
SON OF CAPTAIN BLOOD

POLLO
KSTINE REVUE
XX ★ FOUR
KINS TOPS
ORTABLY
R CONDITIONED
OPEN
STATE

s'était allié à des architectes aux tempes moites, des décorateurs échappés des Karamazov, des éclairagistes opiomanes et des metteurs en scène recherchés dans cinq États, afin de faire pousser là, tel un vertige pétrifié, une jungle de cristal, de satin, de voile, de stuc et d'acier fritté, pavée de miroirs, plantée de candélabres. Sous un palmier de carton, dans une brousse fluorescente, un nègre en chapeau claque et queue-de-pie couleur d'ivoire imitait le lion, la nature des commencements, le meurtre et la fauvette au moyen d'un piston et d'un débouche-lavabo. Un cœur lourd battait au fond d'une calebasse. L'ombre, là-devant, bruissait d'ivresses distinguées, de mains furtives sur la couture des bas de soie, de courtoisies profitables, de marchés conclus sous la table, de pattes qu'on graisse, de remords qu'on étouffe. Un crissement de dollars neufs accompagnait en sourdine cette rumeur… À quoi bon la vérité quand on fréquente un tel mensonge ? À quoi bon New York quand on peut toucher du doigt de tels mirages ?

Apollo Theatre, New York, 19 août 1964.

Pour les musiques dites populaires, qu'elles soient ou non savantes, le droit du sol s'applique un peu partout. Quelquefois, c'est à leur insu. En règle générale, elles ont conscience de se déraciner lorsqu'elles s'en exemptent. Ce qui précisément fut naguère, et souvent reste aujourd'hui, le cas du jazz qui se joue loin de l'Amérique comme, en Amérique, de celui qu'on fabrique loin des rives de l'Hudson. De Vadso à Port Elizabeth, de l'Irlande jusqu'au Japon, on perd l'usage de sa langue maternelle dans l'univers des jazzmen, confondu de sa propre initiative, et sous ses propres acclamations, avec une vaste banlieue du Village Vanguard et de Carnegie Hall. New York, pourtant, est le seul endroit du globe où ce droit n'ait pas cours. Le jazz et la ville s'ignorent avec superbe. En toute occasion, celle-ci proclame qu'elle n'a besoin que d'elle-même pour se faire aimer. Celui-là laisse entendre que, depuis belle lurette, enivré de son propre chant, il ne sait plus où il se trouve, et s'en ficherait pas mal s'il venait à l'apprendre. Tout cela n'est pas faux. Pas inutile non plus : par la grâce de cette négation réciproque, chacun des deux évolue à sa guise, sans se soucier de l'autre. Du jazz, New York efface les traces. Non pas avec méthode (ce serait lui faire trop d'honneur), mais avec une indifférence têtue, doublée d'une efficacité qui laisse admiratif. On objectera qu'en 1977 la 52e Rue fut élevée par la mairie au rang de site classé, avec le nom des vieux héros gravé sur le trottoir, comme à Sunset Boulevard. Sans doute. Mais la ville pouvait se montrer magnanime : elle avait eu sa peau bien avant. Dès la fin des années quarante, la pression des intérêts touristiques avait plongé la Rue-qui-ne-dort-jamais dans son dernier sommeil. En janvier 1950, les clubs ne s'y comptaient plus que sur un seul doigt, le Jimmy Ryan's surnageant à grand-peine dans la marée des boîtes de strip-tease. Au nombre desquelles figurait en bonne place le local qui avait abrité l'Onyx, Stuff Smith, son ouistiti et ses vapeurs de soufre. New York disposait d'une cour des miracles, où les miracles étaient quotidiens : l'aménagement du territoire lui préféra Pigalle, sans même son petit jet d'eau.

Quant à la musique, elle ne sort que la nuit, où tous les chats sont gris. Où toutes les cités se nomment Plaisir, Oubli, Débauche et Solitude. Pourquoi se contenterait-elle d'être de New York, cette musique-là, quand elle donne la note à l'autre bout du monde ? Elle est dans New York — il faut bien se loger quelque part —, rien de plus. D'ailleurs, elle n'y habite pas : voilà près d'un siècle qu'elle n'y est qu'en transit, et tout porte à croire que ce provisoire va durer. Cependant, le jazz regarde autour de lui ; il n'a pas le choix. Ce qu'il ne veut pas voir s'imprime quand même sur sa rétine. La ville n'est qu'une toile de fond mais qui, relayée par la tunique de l'œil, lui colle à la peau. New York raconte le jazz en fleurissant ses tombes, c'est-à-dire en célébrant son silence, aussitôt rempli d'échos. Le jazz raconte obstinément New York en parlant obstinément d'autre chose. La légende vraie de New York est le texte caché du palimpseste. Le mystère et la formidable puissance de cette prose. Car celle-ci ne parle pas de la ville, c'est vrai, sinon par allusions (aussi superficielles que des titres de morceaux, tels le Take the « A » Train de Billy Strayhorn ou le Central Park West de John Coltrane), mais c'est pour mieux laisser la ville s'exprimer à travers elle, grossir et multiplier sa voix, empiler le tumulte au fond de sa gorge, faire germer dans son jardin secret les asperges des gratte-ciel, l'arc de Washington Square, Ground Zero, la patinoire du Lincoln Center, les taxis jaunes, les palaces le long des arbres, les terrains vagues, le port, les ponts, les lofts, les squats et tout le tremblement. Et puis encore, cités au hasard, les grèves et les bourrasques, l'été indien, des souvenirs prenants de Thomas Wolfe et de Manhattan Transfer, les anathèmes de Henry Miller, l'ombre de Fossoyeur et Cercueil sur les murs de Harlem, un immeuble où Woody Allen aurait grandi, toutes les beautés en déglingue, la pouillerie plus que grandiose, le bitume liquéfié, une envie de Coney Island au mois d'août, les incendies du Bronx, les ordures aux quatre vents, la neige en tempête, les visions extrêmes, rayées par la plainte des sirènes du NYPD… Quoi d'autre ? Je ne sais pas, moi. New York, je n'y ai jamais mis les pieds. Ni dans l'immédiat, ni dans un avenir lointain, je nourris seulement l'intention de m'y rendre. Pour quel bénéfice ? Je couve, à deux pas de la Seine, une collection de disques que beaucoup de gens m'envient.

Between the Devil and the Deep Blue Sea

Between the Devil and the Deep Blue Sea... Entre l'enfer et la profonde mer bleue, le jazz des commencements ne faisait pas toujours la différence. Fils de l'exil et de la déportation, il était né en tournant le dos aux rivages. Les océans lui semblaient haïssables. Les océans étaient tout ce qui séparait ses créateurs, ce ramassis de personnes déplacées, d'une chose infiniment précieuse, qu'ils avaient abandonnée de l'autre côté de l'eau. C'était, pour les uns, ce modeste mirage : le bonheur d'exister ; leur âme errait là-bas sur les lieux de leur enfance, farfouillant comme les rescapés de Dresde parmi les gravats. Pour les autres, c'était leur ombre, décousue de leurs talons à coups de sabre, restée collée sur de vieux murs, d'ancestrales poussières, dans la fumée des pogroms ; désormais, ils allaient déambuler dans une sécurité relative, mais sans laisser de traces. Les troisièmes avaient dû se fuir eux-mêmes en fuyant l'infortune ; ils n'emportaient qu'une casquette, une langue et des chansons. Le flot les avait enlevés aux mouvaisons, à leurs labours, à leurs boutiques, à leurs savanes : le flot les avait rejetés sur la cendre des souvenirs, désert toujours recommencé. Ils étaient un fond de cale recraché sur les ourlets de l'Amérique tel un fond de mauvais vin. Évacué comme une diarrhée du ventre des navires. On les avait parqués sur des docks. Entassés sur des pontons. Ceux-ci à qui l'on irait regarder les dents, sur le carreau des halles louisianaises ; ceux-là qu'on mettrait sous la toise, dans le lazaret d'Ellis Island. Tous des hommes qui venaient du large à reculons, cherchant l'autre rive du regard et ne l'apercevant plus, pour finir, que sur l'envers de leurs paupières, forcés d'échanger des images contre des visions. Pour chérir la mer, ils manquaient de l'essentiel, à savoir de liberté. Accourus vers ce luxe exorbitant : le droit de respirer, même les mieux lotis n'avaient pas eu le privilège d'élire leur terre promise. Qui d'ailleurs ne leur avait rien promis. La ligne du littoral ? Un trait tiré sur le passé, pour le meilleur ou pour le pire. Ni l'immigrant ni l'esclave ne trouvaient dans la mer de quoi rêver, manie de ces nantis, de ces poètes qui croient détenir sur leur destin un titre de propriétaire. La mer ? L'immigrant y jetait au plus tôt sa valise. Il priait

Savoy Ballroom Club, Harlem.

seulement que cette immensité instable, faiseuse d'épaves, décourageât, en même temps que ses propres envies de retour, la misère et les assassins : qu'elle les décourageât de retrouver sa trace. L'esclave, pour sa part, battait le tambour dans sa tête, barattait ses obsessions mandingues et lançait ses songes par-dessus les vagues. Quand l'esclave abolissait la mer, le réfugié aurait voulu qu'elle n'ait plus jamais de fin.

Les vents du large poussent vers La Nouvelle-Orléans la cannelle et le piment, tous les parfums caraïbes, toutes les rumeurs espagnoles. Ils tirent le tropique jusqu'à Congo Square, champ clos de la bamboula, où la poussière possède la couleur du safran et l'onctuosité des poudres de Tenochtitlán. La mer entre par toute brèche dans les danseurs du samedi soir. Rien n'est moins calfaté qu'un homme rompu. L'humeur marine s'infiltre par chaque pore de ces peaux enfiévrées. La houle des corps s'enivre du roulis des marées. Deux magies s'enlacent sans se connaître. Au fond de la nuit, le courant, le tangage se sédentarisent dans la musique, qui garde son orgueil et ne veut pas être informée. Elle a perdu

— Et la mer, alors, la mer ? Elle est à deux pas, mais, de sa fenêtre, le jazz n'a pas vue sur elle et s'en fout.

ses eaux pour accoucher du jazz. Elle prétend qu'elle chante, mais on voit qu'elle éructe la bouche pleine de terre et de grenaille. La bouche truffée d'esquilles, d'épines, de morceaux de cactus, de tessons, de mâchefer et de bitume. Le jazz est une parole tout hérissée de clous. Les beuglants se taisent devant lui. Il n'écoute pas le crissement des voiliers à l'ancre, cher à Thomas Wolfe. Il mouille en terre ferme, dans le quartier des lanternes rouges. Il s'encalmine chez des madames, des Lulu White en fourrure blanche, environnées de petits chiens crispants, et qui sabrent le champagne en plein midi, alanguies sur des attelages, au carrefour de Basin Street. Le jazz défile interminablement par ces rues. Pêle-mêle il célèbre tout ce qui bouge, tout ce qui gît. Il s'invente mille cérémonies, des rituels qu'ordonnent des escogriffes aux pattes d'échassiers, bardés de médailles, de cordons, et qui brandissent un parapluie. Il va et vient entre le gnouf et les pique-nique, le char de carnaval et le chevet des tombes. — Et la mer, alors, la mer ? Elle est à deux pas, mais, de sa fenêtre, le jazz n'a pas vue sur elle et s'en fout.

Il fait courir le bruit que la mer n'est pas la mer à boire. Il propose à la place un idéal moins surfait et plus démocratique : des fleuves de tord-boyaux, des étangs de chaude-pisse. On est en 1917. L'Amirauté s'en émeut. Elle craint pour le moral de ses matelots, sans parler de leur hygiène. Un besoin s'est fait sentir de chairs en bonne santé, pour nourrir les canons en Picardie. Elle chasse le jazz de Storyville. Il remonte le fleuve. Il dépasse Saint Louis, pénètre dans l'hiver, patauge dans la gadoue, marchande avec le diable. Il campe à Chicago, au pied des fabriques, autour des abattoirs. Il crie le blues sur les toits. Une vingtaine d'années plus tard, après le Krach de 1929, il mettra le cap sur Kansas City. Il ira naviguer à sec sur l'océan des blés, au cul des vaches. De toute sa vie, à sa connaissance, pas une seule fois encore cet abonné de la bourlingue n'avait eu le pied marin. Sinon peut-être pour aller fonder à dache — en Europe et parfois en Asie (en 1934, Buck Clayton et son orchestre se produisent au Canidrome Ballroom de Shanghai) — de nouvelles missions, de nouveaux comptoirs. À New York, la ligne d'horizon était la ligne de crête des gratte-ciel ; on pouvait vivre et mourir sur cette île sans deviner un seul instant qu'il y avait une mer au bout du fleuve. À Los Angeles, on s'était tourné vers New York, après avoir regardé du côté de La Nouvelle-Orléans. C'est pourtant là que le jazz, à la fin des années quarante, plongerait sa figure dans le vent d'ouest, respirerait les embruns, se parfumerait à l'Ambre Solaire et, lâchant la pioche, construirait à mains nues, sous le regard des maîtres nageurs, d'élégants et précaires châteaux de sable.

*Le jazz remonte le fleuve. Il dépasse Saint Louis,
pénètre dans l'hiver, patauge dans la gadoue,
marchande avec le diable.*

De l'après-Charlie Parker, le *west coast jazz* fut à la fois la station balnéaire et le carrefour des solitudes. Le désespoir et la frivolité s'y fondaient en une mélancolie suave, que berçait un printemps sans fin. La douceur de cette musique masquait une substance puissamment vénéneuse. Elle-même, la première, en fut intoxiquée. Elle disparut jeune, dix ans plus tard, effacée par ses amants eux-mêmes, nostalgiques des lits célibataires. Dans l'intervalle, elle ne s'était guère employée qu'à mourir, mais d'une mort exquise, à petit feu, entourée de voluptés. Cette agonie avait toute la patience et l'abandon d'une sieste à l'ombre d'un parasol, sur une si jolie petite plage, où l'on peut faire la planche sur mer d'huile. Pour les marins d'eau douce du cool californien, cet océan si pacifique semblait facile à mettre en bouteille. Des spécialistes l'enfermèrent dans le cadre des clichés destinés à l'illustration de leurs disques, quand le microsillon succéda au 78 tours. Rendues nécessaires par la technologie nouvelle, les pochettes cartonnées qu'imprimaient les compagnies locales, principalement Contemporary et Pacific Jazz, auraient pu recevoir le label du syndicat d'initiative. Elles montraient du soleil et du ciel bleu, des grèves au crépuscule ou vues d'avion, des sternes, des rouleaux et des lames, des embarcations, des baigneuses ondulées, un plongeur déguisé en plongeur et photographié par William Claxton en personne. Et puis un phare.

Entre un palmier et une borne d'incendie, cet édifice orne en contre-plongée le recto de l'« album » *Music For Lighthousekeeping*, publié en 1957 par Contemporary, sous le nom des Howard Rumsey's Lighthouse All-Stars. Le club qui s'ouvrait à l'enseigne du Lighthouse Café, au n° 30 de Pier Avenue, à Hermosa Beach, fut, dit-on, le berceau de ce jazz spécifique de la côte occidentale. Ancien contrebassiste de Stan Kenton, chez lequel il s'était illustré dans une pièce intitulée *Concerto pour niche à chien*, depuis toujours fâché avec le swing si l'on en croit les souvenirs de Chet Baker, Rumsey avait convaincu John Levine, le nouveau propriétaire, d'accueillir le jazz dans son établissement, connu pour son inélégance, fréquenté par une clientèle turbulente, dont la sensibilité esthétique s'apparentait à celle du crabe de roche. Mais la musique à laquelle Levine donna sa chance n'avait rien à voir avec celle que proposeraient bientôt, au même endroit, Jimmy Giuffre et certains transfuges du Kenton Orchestra, tels que Shorty Rogers, Shelly Manne ou Art Pepper. L'ironie de l'histoire a voulu qu'un jazz aux raffinements extrêmes, sur quoi eurent la haute main des arrangeurs et des hommes de laboratoire, se fût pour de bon développé sur une estrade qui, à

Le Lighthouse Café en 1963 à Hermosa Beach, Californie, club de jazz.

partir du dimanche 29 mai 1949, avait été le pavois de boppers féroces, spontanéistes à tous crins, extrémistes de la passion : Sonny Criss, Teddy Edwards, Hampton Hawes, entre autres — les représentants d'une « Black California » que la vogue du *west coast jazz* allait réduire à faire les ménages et à ramasser les mégots. Quant au phare de la pochette, il n'entretenait pas le moindre rapport avec le Lighthouse de Pier Avenue, qui lui-même n'avait strictement rien d'un phare. Le nom de ce club n'était qu'une sorte de publicité mensongère, en laquelle avait placé ses espérances un milliardaire ruiné au jeu, fils d'un rabbin du Canada, qui comptait se refaire au bord de l'eau. Le mythe du grand large aura inspiré tous les arts, sauf le jazz, créature térébrante, amie des souterrains, fuyant les bastingages. La mer et lui, pour finir, n'auront pas beaucoup mélangé leurs abysses.

Images

En 1971, sa première réalisation, un thriller, célébrait sans y toucher Erroll Garner : *Play Misty For Me*[1]. Dix-sept ans plus tard, à travers Charlie Parker qui fut et reste le plus sulfuorescent de ses démiurges, Clint Eastwood espérait rendre au jazz, sur la place publique, un peu du fol amour que le jazz lui avait donné. On doit l'en remercier. Dans un genre où le médiocre côtoie le pire, *Bird* était assez réussi. Ce que l'auteur semblait ignorer, toutefois, c'était que le film qu'il rêvait de consacrer à sa musique de prédilection, il l'avait déjà tourné. Or la célébration qui, en somme, lui échappa peut apparaître autrement plus juste et pénétrante, autrement plus intime et implacable que celle qu'il ajusta au millimètre. Présenté en 1983, *Honkytonk Man*, sans doute la plus touchante des œuvres

1. Proposé en France sous le titre détestable de *Un frisson dans la nuit*, qui, par surcroît, gomme cette intention.

qu'il ait signées avant le merveilleux *The Bridges of Madison county*[1], ne ménage pourtant au jazz aucune place dans son propos. Il ne le fait pas non plus, comme chez Woody Allen, pénétrer en contrebande dans la conscience du spectateur. L'histoire met en scène un trop vague artiste ambulant de *country music*, genre que, même, nombre de jazzmen et de jazzfans abominent. Non, elle ne parle pas *de* jazz. En revanche, masqué par elle, le jazz, persuadé qu'on ne le reconnaîtra pas, y parle de lui-même comme il se l'est fort peu souvent permis au cinéma. Il parle, avec la cruelle tendresse de la franchise, de ce qui le tue et de ce qui le rend invulnérable : l'illusion qui fait sa force, mais conspire à sa perte, et la désillusion qui conspire à sa perte, mais lui assure quelquefois une rédemption inespérée. Il parle de la dérive et de la pétrification. De la moins mauvaise façon de remplir avec une petite cuiller l'immensité des songes creux. Et de l'art d'inscrire la musique dans la mort, plutôt que l'inverse. N'est-ce pas ce que le jazz se tue à faire depuis sa naissance ?

Chez Woody Allen, puisqu'il était question de lui, on n'aurait pas trop de peine à montrer que le jazz, ou des musiques qui lui ressemblent, ou des musiques qui l'évoquent, fait parler le cinéma. Il lui confère une éloquence à la fois plus

1. *Sur la route de Madison* (1995).

brillante (puisqu'il ajoute aux moirures de l'image sa scintillation propre) et plus trouble (dans la mesure où il mêle à son discours une voix qui parasite ce dernier et peut à tout moment, pour qui entend son langage, le contredire). Avec une désinvolture calculée, Woody plaque des enregistrements qu'il aime à des endroits qui ne sont même pas toujours stratégiques. Il ne choisit ces morceaux qu'en fonction de son bon plaisir, ou plutôt de la charge affective qu'ils ont pour lui. Ce sont ses petites madeleines personnelles qu'il nous colle sous le nez à tout bout de champ, sans nous demander si nous en apprécions la fragrance. Ces fétiches sonores sont ce qu'il y a de plus subjectif dans des œuvres dont la subjectivité est la raison ultime. Et ils le sont bien davantage que la présence, sur l'écran, de l'auteur dans une mise en scène transparente de ses ahurissants fantasmes, de ses peurs ridicules et de ses timidités provocantes, au motif que, figurant dans le film sous l'apparence d'une superposition arbitraire, sinon aléatoire, ils le sont, de notre point de vue, *gratuitement*. Néanmoins, qu'on le veuille ou non, ils se mêlent à la substance du film. Ils n'en deviennent pas nécessairement un personnage, mais ils y occupent la place du chœur antique, du narrateur, du griot. Ils sont le décor du décor, le climat du climat, la source cachée des lumières et des ombres, le regard de Dieu sur le monde qu'il est en train de créer. Woody écrit son film : la musique lit par-dessus son épaule.

Étonnée, amusée, émue, sceptique ou réprobatrice. Dans un univers où la psychanalyse rôde toujours, elle représente le vrai surmoi de l'entreprise. Le réalisateur cherche en elle le diapason de l'image, la mélodie du récit, le rythme de l'architecture, l'harmonie des séquences. Et puis le jazz rappelle à tout instant les droits paradoxaux de la mémoire. Il ressasse, avec Tchekhov, que « la vie, elle a passé ; on a comme pas vécu[1] », mais n'oublie pas de dire qu'il n'est de nostalgie féconde que du futur. On doit regretter ce qui *n'est pas* advenu, afin de lui laisser une chance de se raviser peut-être. Le jazz qui, s'il ne se reprend pas très vite, pourrait bien avoir raté sa correspondance pour l'avenir, est l'accompagnement idéal d'une telle manipulation : de cette embrouille métaphysique visant à conjurer la sombre ironie du progrès. « Le passé est, était, sera », martelait William Faulkner. Allen ne veut pas renoncer à cette consolation un peu lugubre. Le jazz tient avec discrétion, dans ses meilleurs films, en particulier *Hannah et ses sœurs*, le rôle de ce passé qui ne passe pas, grâce à quoi est remis d'heure en heure, jour après jour, aussi longtemps que ça dure, le rendez-vous pris avec Godot.

Quand j'étais enfant, quand on allait au cinéma sans trop se préoccuper de ce qui s'y jouait — l'expérience de la pénombre enfumée,

1. Le valet Firs, à la fin de *La Cerisaie*.

des esquimaux de l'entracte, des relents de sueur et de poussière se révélant en soi assez violente —, le jazz (je ne le connaissais pas encore par son nom) était souvent, sous une forme certes abâtardie, la couleur du film noir en noir et blanc. Au carton-pâte des glorieuses séries B, qui n'avaient pas les moyens de leurs mérites, il conférait une vie, un réalisme saisissant. Il servait à leurs auteurs de travelling, de grue et d'hélicoptère. Surtout, il étalonnait avec science et panache les différentes sortes de gris. Il offrait à certains plans la profondeur de champ qu'ils ne pouvaient pas se payer. Il figurait aussi, dans les versions doublées qui atteignaient seules la province, l'irréductible voix de l'Amérique. Il parachevait l'exotisme et scellait la fascination. Il était le chant des gratte-ciel, la rumeur même de la jungle d'asphalte, l'écho profond de Bourbon Street, Sunset Boulevard, Michigan Avenue. Il était tous ces vertiges-là et fleurait bon le Nouveau Monde — je veux dire celui qui confirmait la vieillerie du nôtre. Il signalait, il signifiait avec éclat, avec effusion, cet ailleurs où l'herbe est plus verte. Soit l'intrusion du fantastique dans les cartes de géographie.

Il arrive encore que le jazz lui-même, à force de se vouloir visuel, se fasse cinéma. Ici, le nom d'Ellington vient aux lèvres. Les arts plastiques avaient toujours taquiné le Duke. À peine venait-il d'entrer en scène, le *jungle style* le réincarnait en un douanier Rousseau de la musique de sauvage, peignant des pissenlits géants pour faire songer à des frondaisons tropicales et disposant aux quatre coins de la toile des cannibales, des Bédouins, des esprits volants, des lionnes, des papegais et des ouistitis. L'impressionnisme, l'expressionnisme et le cubisme se confondirent sur sa palette. Alors il abandonna le pinceau pour la caméra et, tout d'abord, comme d'autres plusieurs années avant lui, atteignit au bonheur en filmant des sorties des usines Lumière et des arrivées du train en gare de La Ciotat. Mais cet ascétisme fut de courte durée. Sans lâcher le documentaire, il se tournait bientôt vers des genres plus ambitieux : non seulement le film de fiction et le cinéma d'animation, mais aussi les grandes fresques et les reconstitutions historiques, dans le sillage de *Naissance d'une nation*, mais encore l'adaptation de chefs-d'œuvre littéraires, classiques (Shakespeare) ou modernes (Steinbeck), l'épopée, la fable édifiante, je ne sais plus quoi d'autre. Sans parler d'une commande gouvernementale, par les autorités du Liberia, en 1947[1]...

1. *Liberian Suite* (Columbia COL 469409 2).

Duke Ellington vers 1960.

Duke voyait et donnait à voir. Cette disposition présente l'inconvénient de dissuader beaucoup d'artistes, trop lucides, trop pénétrés et insuffisamment pénétrants, de devenir visionnaires. Lui, il le fut même de ce qui n'était plus. Il sut contempler l'époque, ses protagonistes et ses lieux privilégiés à la manière de Fellini regardant Rome et les Romains. Il sut se souvenir plus vrai que la réalité, tel Fellini dans *Amarcord*. Le cinéaste dans l'âme et jusqu'au bout des ongles, pourtant, je crois que c'est Solal. Qui l'est aussi par la procédure.

Toute composition, toute improvisation de Martial suppose un découpage et résulte d'un montage. Melville, Godard et d'autres (Bertrand Blier plus récemment) ont conçu des films. La bande-son de ces bobines, grâce à lui, est aussi cinématographique que le reste. Parfois davantage. Non content d'avoir écrit de la musique de cinéma, et, en quatre courts chapitres, jadis, la musique *du* cinéma (*Extérieur, Fondu enchaîné, Mouvement, Gros plan*[1]), il a inventé le piano-caméra. Jamais il ne se sert d'un autre outil. Sa façon de disposer les objets sonores dans l'espace comme sa façon de les éclairer sont uniques. Il joue en virtuose du champ-contrechamp, de la plongée et de la contre-plongée, du zoom

1. Cf. *Jazz et cinéma*, en 1961 (EMI 794 249-2). On se reportera, avec fruit, au remarquable *Martial Solal compositeur de l'instant*, entretien avec Xavier Prévost, publié il y a peu chez Michel de Maule.

et des panoramiques. Il imagine des scénarios, il instaure des dialogues. Il ajoute même de la musique à sa musique, par le biais des citations, des références programmées et des réminiscences impromptues. Des images animées constituent son vocabulaire. Sa syntaxe est celle du kaléidoscope. On s'en rend bien compte lorsqu'il s'applique à un remake ébouriffant, parce que en perpétuelle déconstruction-reconstruction, de l'ellingtonisme[1]. Duke a fixé ses visions sur la pellicule ; Martial libère les siennes.

Il les libère : il nous libère aussi. Au nôtre, il ne vise pas à substituer son propre imaginaire. Il espère plutôt que chaque auditeur apportera au projet une part inédite, et tout à fait singulière, d'onirisme. Tous les grands cinéastes du jazz font de même. Ils comptent sur notre regard pour coloniser leurs images. Nous écoutons le *Night in Tunisia* de Dizzy Gillespie : qui d'entre nous voit l'Afrique du Nord ? Sauf dans les musiques descriptives, toujours indigentes, l'important n'est pas de distinguer ceci ou cela, mais d'avoir l'œil fertile. Et plutôt l'œil du rêve que l'oculaire des appareils. En ce sens, les meilleurs réalisateurs sont ceux qui nous incitent à mieux réaliser nos films nous-mêmes. Car ces films-là seulement sont à l'affiche. « Écrire », à ce qu'on prétend, serait un verbe intransitif. « Imaginer » ne vaut

1. *Martial Solal Dodecaband Plays Ellington*, en 1997 (Dreyfus Jazz FDM 36613-2).

guère mieux. Il s'agit d'abord d'échauffer, d'érotiser son imagination. Si le jazz fait son cinéma, il est incapable de nous l'imposer. En revanche, lorsque nous écoutons le blues, il nous est presque impossible de ne pas visualiser certaines scènes, certains visages, des sites et des situations bien précis. Nous feuilletons malgré nous un album de très vieux clichés. Nous le savons et nous ne pouvons nous empêcher d'être émus. Il y a, d'abord, les champs de coton, les moustiques, la canicule, les chemins de poussière, les bayous de Louisiane, la boue du Mississippi. Il y a les cabanes du Delta, qui tanguent, hurlent et gémissent le samedi soir. Il y a la route, la route, les rails à n'en plus finir. Les valises crevées. Les couteaux à portée de main. Les carrefours en pleine zone, où l'on attend le car, où c'est le diable qui vient. Mais ce n'est pas tout. Il y a les banlieues sinistrées, la brique rouillée, la brique noircie, les escaliers de fer. Les bars, les bouges, les billards, les bordels, les gargotes et les assommoirs. Les boutiques de prêteur. Les églises patibulaires. Des coins de rue qui ont vraiment la tête à ça. Des poteaux à demi déracinés par leurs fils électriques. Des planchers qui s'affaissent, des

Missoula, Montana.

balcons qui se décrochent, les fondations qui cherchent à quitter le navire. Il y a ces cadavres de Chevrolet, ces carcasses de rocking-chairs — toutes les épaves d'un mirage de confort domestique, entassées dans des ruelles où l'on tue les gens. Les vieilles locomotives, les vieilles machines à coudre, les vieilles fournitures, les vieux matelas défoncés, qui ont attrapé la gangrène. Et les vieilles mains ridées sur les vieux pianos cariés, sur les vieilles guitares fendues, sur les vieilles batteries en déglingue, sur les vieux harmonicas pétris et malaxés depuis le commencement du monde. Il y a les grisgris, les mystères et les maléfices. Les enseignes borgnes, les néons fatigués. Les chapeaux tachés de sueur, bien trop chauds pour la saison. Les coiffeurs clandestins. Les obèses faméliques. Les aveugles autodidactes, faisant la pige aux vrais professionnels. Il y a les matins livides, les soirs adipeux. Il y a ces tombes solitaires et les éternels quais de gare. Et ensuite d'autres quais, et puis d'autres. D'autres partances, d'autres nulle part, d'autres n'importe où. On y croise les mille et une figures et postures de l'effondrement : tout le Kama-sutra de la solitude humaine. Le blues parle en images à ceux qui n'en comprennent pas les paroles. Sous le titre de *Rire pour ne pas pleurer* (*Laughlin' just to keep from cryin*). *Le Noir dans l'Amérique blanche*[1], Jean-Paul Levet, d'ailleurs historien de ces phénomènes et lexicographe irremplaçable[2], a rassemblé une collection de ces « hallucinations vraies », pour reprendre une formule éprouvée. On en trouve aussi ailleurs, plus fugaces mais pas moins révélatrices — des atmosphères, des silences ou des regards saisis au vol. Par exemple dans *Honkytonk Man*, un film de Clint Eastwood, en 1983.

1. Paru aux éditions Parenthèses, en 2002.
2. Cf. l'ouvrage fondamental qu'est *« Talkin' That Talk ». Le langage du blues et du jazz*, Kargo, 2003.

Le nord à deux

Le nord du jazz portait un nom. Le nord du jazz était un homme : Louis Armstrong. Sa trompette servait de boussole. Elle indiquait la Terre promise et, non contente d'ébranler les murs de Jéricho, guidait les rois mages et ramenait le fils prodigue. Elle veillait sur les embarcations. Elle gardait les troupeaux, les greniers, les labours. Du haut des parapets, elle désignait tout ce qu'il y avait de désirable et de difficile. Tantôt c'était La Mecque, tantôt le firmament chinois. Ou le séjour des héros. Ou la chambre des dames. Elle menait à chacun des chemins qui mènent à Rome, comme à ceux qui s'en détournent. Elle dressait l'inventaire des chemins de traverse. Des chemins rebroussés. Du chemin de Damas et du chemin des écoliers. Et des grands chemins, pleins de meurtres, où poussent la mandragore et le gibet. Car elle était la Loi, et elle était la Désobéissance.

Certes, de grands capitaines — téméraires, ambitieux, féconds et jaloux de leurs prérogatives — avaient embarqué leurs propres instruments et naviguaient à leur façon, sur des océans qu'ils avaient construits de leurs mains : Jelly Roll Morton, Sidney Bechet, Duke Ellington. C'étaient de sérieux clients. Le premier se montrait terriblement susceptible, connaissait le dessous des cartes et glissait un rasoir dans la tige de sa botte. Le deuxième avait un air bonhomme, mais il vous sautait à la gorge à la moindre occasion, suspectant que vous ne l'estimiez pas à sa juste valeur. Chaque matin, au petit déjeuner, le troisième paraissait dans une robe de soie, fort chamarrée et, sans cesser de sourire, découvrait en grignotant ses toasts parfois la route des Indes, parfois le fil à couper le beurre, c'était selon. Or, ils avaient beau dire et beau faire : avec leurs mers et leurs mondes, et leurs chimères et leurs oublis, ils figuraient sur le planisphère imprimé par Armstrong & Co, éditeurs à Chicago, Harlem, Ponchatoula, Chacahoula et autres lieux. Leurs courses vagabondes, leurs excursions sur la lune, leurs sauts dans l'inconnu, les comptoirs aux noms étranges qu'ils fondaient loin de tout, les poudres et les légumes extravagants, les cacatoès huppés qu'ils y prélevaient, rien ne les faisait échapper à l'attraction terrestre. Et la Terre, en ce temps-là, s'appelait Louie.

La terre ferme. L'humus nourricier. Bien des hommes posaient des questions excellentes, mais, quand on avait besoin d'une réponse, le compas finissait toujours par se tourner vers Louie. Cet homme sans énigme était magnétique.

Quittant l'odeur du chèvrefeuille et des magnolias, avec un air d'enfance sur son visage, il avait remonté le fleuve. Parti de La Nouvelle-Orléans, il était allé voir de près les Grands Lacs, la neige d'avril, le vent de loup, la limousine blindée d'Alfonso Caponi, dit Al Capone, et le succès phénoménal remporté par King Oliver au *Pays des rêves*, du côté de la 35e Rue. Autrement dit : le Nord. Il avait grimpé sur un cheval, il s'était acheté une casquette neuve, une auto. Des images de bayous, de balcons, de tramways, de cortèges, de poussière onctueuse et de mausolées vaudous le poursuivaient jusqu'au fond de son lit. Dans la grande tradition des exilés de cœur, il avait épousé une femme qui n'était pas son genre. Puis, tandis que le jazz existait depuis un certain temps déjà, il l'avait inventé, exactement comme si personne n'en avait jamais entendu parler de sa vie, et les jazzmen moins que quiconque. Telle la baleine de Jacques Prévert, il avait rapporté de la pêche un beau soir et posé sur la table ce merlan fabuleux. Et maintenant, c'était là. On ne savait qu'en faire — c'était bien

trop gros, c'était bien trop beau —, mais on ne voyait plus rien d'autre. On avait les yeux cloués dessus. On se demandait ce qui allait advenir de nous, qui avions adoré le veau d'or alors que, de toute évidence, Dieu était un grand poisson aux écailles aveuglantes. Puis nous sommes tous sortis dans la nuit, afin de louer des épuisettes. On a levé le nez : il y avait une grande étoile toute fraîche, qui nous demandait de la suivre. Nous n'avons pas discuté.

Le blues coupait à travers champs, mais le jazz logeait dans les villes. Il investissait dans la pierre. Il déployait l'instinct du bâtisseur. Louis Armstrong lui avait trouvé le nord : comme de juste, c'est un nomade qui le lui a perdu. Un homme du voyage. Un conducteur de roulotte. Allant partout, n'allant nulle part. Django Reinhardt était né en Belgique un peu par inadvertance, comme on naît sous l'écoutille des paquebots. Il n'était pas plus belge que vous et moi, mais d'une race insaisissable, née, paraît-il, entre les pieds des éléphants. Il aurait toujours du mal à tracer les lettres de son nom, comme s'il n'était pas sûr qu'il lui appartenait bien. Même sa sépulture, en l'affichant, fit une faute d'orthographe. Il n'avait jamais consulté les papiers qu'il montrait aux gendarmes. Il lisait plutôt dans les nuages l'annonce des phénomènes. Pour attaches, il avait des visions épatantes, comme on en voyait alors sur les images du chocolat ; il ne se liait pas de montre au poignet. Enfant, déjà, il arrachait leurs aiguilles aux pendules et portait, le dimanche, un chapeau. Il bivouaquait dans des cloaques, sous l'étendard des saisons mortes, aux portes de Paris. De grosses cylindrées broutaient la lande des fortifications, leur estomac touchant les immondices. De loin, on pouvait croire à des hippopotames. Il y avait des chiens, des échos, des regrets, des lueurs d'ambre, des novembres en pagaille, des fumées. Une espèce de complot patrouillait tout autour. Le romanichel se faufilait comme un voleur dans sa propre maison.

Django laissait infuser le temps. Coutumier des arrière-salles, il le tournait au fond de son verre, il le réchauffait au creux de sa main. Sauf de la musique, il était toujours en train de s'esquiver. On le cherchait au billard quand il manquait ses rendez-vous. Au poker quand le billard devenait trop peuplé. On l'attendait sur les estrades, on l'attendait dans les studios. « Les entourloupes de Django ! » soupirait Stéphane Grappelli, à moitié attendri, exaspéré pour de bon. Gagnant l'endroit le plus proche, le Manouche trouvait le moyen de se livrer à des égarements. Sa guitare lui ressemblait beaucoup. Ils avaient l'errance dans les veines. Dans l'œil : l'oblique et la diagonale, des zigzags inouïs.

Django prétendait que ses pieds étaient trop sensibles pour supporter le moelleux des tapis. Une envie de cailloux, de pavés, de nids-de-poule, lui démangeait les souliers. Il écoutait avec volupté la route sonner sous ses talons. Le nord, pour lui, était tous les horizons à la fois. Ce fut plus fort que lui : il s'est jeté dans les bras d'Armstrong en lui tournant le dos.

Froissé, Louis fit semblant de ne pas le reconnaître, le jour où l'on conduisit Django dans sa loge. Il le laissa gratouiller dans un coin, pendant qu'il se pavanait en caleçon. Mais le mal était fait. Quelqu'un avait déréglé le trafic des planètes. La pointe aimantée battait la campagne. Un autre jazz était né, avec un charme slave et des allures mauresques, secouant ses semelles dans la sciure des bistrots de la zone, près du poêle, sous les réclames du Job et du quinquina. L'Afrique grelottait dehors au milieu des vélos. L'Amérique semblait le songe d'un songe, extrêmement éthéré.

Puis les GI's débarquèrent. « Où est Django ? » demandaient-ils. Comme ils lançaient du haut des chars le chewing-gum, le corned-beef et les bas de soie, ils lui lancèrent de beaux éloges. Gatsby croyait en la lumière verte : Django Reinhardt croyait au Père Noël. Ayant tant fait poireauter les autres, il s'imaginait à présent que l'Amérique n'attendait plus que lui.

On lui arrangea une tournée, dans les fourgons de Duke Ellington. Qui le laissa gratouiller dans son coin, ayant d'autres chats à fouetter. De toute façon, Django ne voulait plus parler qu'à Dizzy Gillespie… Le 23 novembre 1946, à Carnegie Hall, son concert avec Duke fut salué comme l'événement de la saison. Le *New York Times* lui consacra sa une entière, ornée de son portrait… Le lendemain, au même endroit, il arriva pour voir baisser le rideau, ou peu s'en fallut. Il avait jugé bon d'écumer les bars de Manhattan en compagnie de Marcel Cerdan, rencontré dans la rue par hasard. On était prêt à lui pardonner cette injure : il claqua la porte de sa loge au nez des journalistes qui venaient de l'encenser. La cause était entendue.

Bizarrement, toutefois, il ne prit pas sur-le-champ le bateau du retour. Mais il vécut là-bas comme s'il habitait ailleurs. Ayant accepté au Café Society Uptown un engagement auquel il ne s'intéresserait pas le moins du monde, il s'enfermerait seul, le reste du temps, dans son hôtel de Broadway. Il renoncerait à entendre les confrères dont il avait admiré les disques, les musiques dont il s'était promis, accoudé au bastingage, monts et merveilles. Lui qui, de son existence, n'avait jamais tenu un pinceau, s'adonnerait à une frénésie de peinture, de l'aube au crépuscule. Cette fois, il avait perdu le nord pour son propre compte. Du coup, il s'accrocherait à celui des autres. Au be-bop. À la guitare électrique. Au Club Saint-Germain. À une jeunesse qu'il n'avait plus, la sienne ayant désespéré de ses enfantillages, comme elle s'était lassée d'être éternelle. Déguisé en semi-retraité, à un peu plus de quarante ans, il s'était établi avec les siens en Seine-et-Marne. Puis il était allé à la pêche. Il n'en ramena qu'une poignée de gardons. Et une congestion cérébrale.

Un beau matin, Louis Armstrong ne trouvera plus du tout la sortie de sa statue, si laide pourtant, à l'emplacement de Congo Square. Déjà, Django Reinhardt ne trouve pas le sommeil. On marche sur sa tombe. Un million de guitaristes voudraient fouiller ses cendres, un pendule à la main.

Henri Crolla : Paris jazz

Nous étions cachés dans le tonneau de pommes. Nous l'écoutions tramer des complots délicieux, au fond de la cambuse. Il ne portait pas de perroquet sur l'épaule, mais un frou-frou de colombes se faisait malgré lui dès qu'il entrouvrait les mains. Il saluait le monde : des volières lui partaient du chapeau. Henri Crolla semblait toujours sur le point de s'envoler des esplanades, aspiré par sa musique. Il était arrimé au ciel par des ficelles de ballon rouge, des ficelles de cerf-volant. Un sang bleu sans nuages coulait dans ses veines de pendu.

Son île au trésor ne figure sur aucune carte. Il l'a cachée à l'intérieur de nous, passagère clandestine de ces courses d'enfant, mimées devant le miroir de la mer. Elle mouille parmi nos solitudes. Elle tire sur sa chaîne. Elle lève l'ancre parfois, si l'on fait mine de dormir. Elle appareille pour des contrées aux noms imprononçables, où les plages sont de cannelle et, le vent, chargé de souvenirs qu'on n'a même pas eu la peine de vivre soi-même (des romans s'en chargent, imprimés chez Brodard et Taupin). Tout ce qu'il avait rapiné durant ses courses folles au coin de la rue, au fond de la cour près des vélos, et derrière le petit tas de neige, tout ce qu'il avait escamoté, empaumé, engourdi, il le dissimulait *sous nos yeux*. Comme on dirait sous le tapis. À l'ombre de nos regards, là où eux-mêmes ne vont pas, il faisait recel et mercadence de merveilles aveuglantes. De vérités extrêmement bonnes à taire. À confire dans un silence propice. Propice à quoi donc ? Chut ! N'essayons pas d'aller plus vite que la musique.

Pirate de la fumée sans feu (à moins que ce ne fût le contraire), Henri Crolla s'est livré sur sa guitare à toute une boucane de mystères. Il a pratiqué la longue flibuste des rêveurs qui ne comptent pas revenir des songes les mains vides. Il a jeté le grappin sur des mirages, des hallucinations plus vraies et plus lourdes, plus dorées que des galions espagnols. Il a piraté l'ineffable. Il a piraté l'éternel éphémère. Ce qui passe et dont on ne saurait se passer. Sur tous les océans, il aura traqué cette chose fugace grâce à quoi, prétendent les guitaristes et Robert Louis Stevenson, nous parvenons à ne pas nous fuir nous-mêmes. En tout cas à ne nous fuir qu'à reculons, ce qui représente déjà, dans l'ordre du courage, un progrès sensationnel. Il a tout fourré dans un grand coffre, toutes ses fortunes de mer. Il a posté des sentinelles. L'une se nommait Mélodie. L'autre, je crois : Fragilité. La troisième, on ne sait plus. Elle se serait enfuie au bras d'un coiffeur.

J'allais oublier qu'au passage Henri Crolla, cet aventurier du scrupule, toujours prompt à croire qu'il ne méritait pas sa renommée, avait capturé l'âme de Paris. Il retenait aussi quelque part une jeunesse ambrée qui, bientôt, ne sera plus celle de personne. Il avait passé son enfance dans la zone de la porte de Choisy, au milieu des romanichels. C'était un homme des fortifs, des terrains vagues, des îlots insalubres, de l'herbe qui pousse en ville, des agents à pèlerine. Un homme des pavés bleuis et polis par l'usage, ronds comme les genoux d'une femme. Un homme qui pousse son ombre du côté du canal Saint-Martin, entre dans les cinémas par la porte de derrière et se rend au bal comme le chat qui s'en va tout seul, sauf qu'il a une boîte à la main. C'était un homme accompagné d'odeurs défuntes, environné de bouffées de chansons. Il cherchait après Titine, il faisait refleurir les lilas blancs. C'était un de ces hommes à casquette, fumant d'une manière rêveuse ou bien avec circonspection, penché sur son silence, penché sur la toile cirée d'une table, dans une cuisine d'où l'on peut voir les arbres (et sur le perron, le soleil s'attarde certains samedis du joli mois de mai). L'air, alors, fleurait bon le fer mouillé et le pot d'hortensias. La bignole était dans l'escalier. L'air fleurait l'haleine de locomotive, le manteau de pluie, le costume à la naphtaline, l'amidon des mariages et des enterrements. Les chemises blanches servaient aux grands dimanches à plastronner, affichant l'oisiveté tel un luxe arrogant, une folie de nabab. Elles obligeaient le bleu du ciel à cligner des yeux, pareilles aux vitres fraîchement rincées de la salle à manger où l'on ne mange qu'en de certaines occasions, très précieuses, trop précaires. On chantait, en revanche, dans les cours soir et matin. On chantait sans compter. Dans son dos, des rescapés du Chemin des Dames baptisaient la Mort la Mère Coupetoujours. On chantait par les fenêtres, comme d'autres jettent leur argent. On proposait des « petits formats » à l'angle du boulevard. On parlait de la semaine des quatre jeudis. On se parlait d'un bord à l'autre de la rue, par-dessus les fils du tramway. On parait de noir et d'argent la maison des morts, et on passait les prendre, s'ils avaient eu le sou, s'ils avaient eu le ventre rond, en voiture à six chevaux, afin qu'ils eussent une bonne raison de regretter cette vallée de larmes. Les greniers étaient remplis de papiers gonflés de leur importance. De collections complètes du *Hérisson* et de *L'Intransigeant*, bronzant à l'abri des lucarnes. Non loin de là (tout était toujours à deux pas, même les guinguettes des bords de Marne quand venait le printemps ; il n'y avait que la mer qui restait loin : c'était encore la mer à boire à cette époque), non loin de là, l'hercule et le casseur d'assiettes s'asseyaient face à face au fond de la salle du Bon Accueil, bien calés sur leurs coudes et leurs mauvaises certitudes, protégés de la futilité par des feutres mous, devant un régal de bourguignon arrosé d'un vin violet que la bonniche tire au tonneau installé près du tas de charbon, dans la cave au sol de terre battue.

Voilà ce que Crolla briganda sur les eaux. Voilà ce dont il fut le génial écumeur. Il connaissait Jacques Prévert. Qui l'appelait « Mille-pattes ». Qui disait de lui : « Il a besoin de la musique et il l'appelle avec sa guitare, il l'appelle si ingénument, si simplement, si tendrement qu'elle vient. » Il connaissait Django Reinhardt, Matelot Ferret, Gus Viseur, André Hodeir, Yves Montand, Maurice Meunier, Paul Grimault, Marcel Duhamel et Marcel Azzola, la mouise et la débine. Il avait été bougnat, maçon, ouvrier spécialisé en rien de spécial, sous l'Occup', buveur de brouillard à ses moments perdus. Il est mort juste après avoir tenu un rôle dans un film intitulé *Le bonheur est pour demain.* Prévert aurait murmuré : « Maintenant elle est cassée, notre musique. » Robert Doisneau et Crolla connaissaient les mêmes choses. Ces mélancolies, ces miracles. Ils les avaient piratées chacun à sa façon, mais contemplées, convoitées de la même manière. Si elles n'avaient pas existé, leurs yeux les auraient inventées. À l'identique. Des impasses, des passages Choiseul, des cités de la butte Montmartre, des îles du dedans de la tête et trente-six Paname emmêlés l'un dans l'autre — un dans chaque faubourg. Un Paris en avril. Un Paris sur les quais. Un Paris sous les ponts. Un Paris sur les toits. Un Paris revu à l'occasion d'un petit séjour d'un mois. Un Paris… — comment dire ?… Si l'on a deux amours, l'autre c'est toujours lui.

« Mille-pattes » aura été dans sa musique le plus parisien des jazzmen du monde entier. Le seul qui soit indissociable des « vues » de Paris, incrustées dans des porte-plume en fausse corne d'éléphant. Trempant à jamais dans tout un trafic de chimères plus ou moins brevetées : des cartes postales, des films en noir et blanc, des piles entières de buvards-réclames et de feuilles mortes cueillies sous les préaux, des esperluettes de toute beauté, des poèmes enseignés nuitamment par des voleurs à des assassins qui vont mourir dans le matin frisquet, évitant de peu un rhume carabiné. Cependant, il était né à Naples de parents italiens. Des musiciens de rue, ces gens-là, des artistes ambulants. Lui-même, ayant de la branche, avait gratté la mandoline aux terrasses des cafés. La morale de cette histoire est que l'important, pour un homme de jazz, est de marcher à côté de ses semelles, de faire mentir ses traces, puis de s'arrêter à l'auberge espagnole et, comme si de rien n'était, bien calé sur ses coudes, les yeux abrités dans l'ombre d'un feutre mou, en passant sur sa lèvre humectée la bande gommée du papier à cigarettes, de réclamer le plat du jour. S'il s'en va sans payer, alors là, vraiment, c'est complet.

John Lewis : sur la pointe des doigts

Des personnes bien informées m'ont assuré que John Aaron Lewis ne se déplaçait pas sans sa gomme. À peine arrivé dans un studio, telle une offrande sur un autel ou un galet au coin d'une tombe pour signifier des pensées douces et graves, il la posait sur le piano, à côté, j'imagine, d'un taille-crayon. Il aimait que les choses fussent nettes et soignées, qu'elles possèdent des ombres courtes et géométriques, et que le silence — ou le regard — suffise, plutôt que le vent d'est, à leur communiquer l'imperceptible frémissement du cerisier en fleur quand le ciel glisse sur les toits. Des notes tournées dans un bois plus dur et profond que le bronze, que le grand Zampano n'arracherait pas du sol... des notes en papier de riz, voltigeant telles des lanternes de printemps sur le seuil des auberges, à l'écart des villages, où l'intrigue des belles endormies renoue, retisse chaque nuit ses fils d'araignée...

des silences de lac obscur, de pleine mer saisie par le gel, avec ses fruits d'écume pendus aux branches de ses vagues, et des silences de fer contenant pêle-mêle des cadavres, des généraux en disgrâce et des otages d'un haut rang… John rêvait des substances, des textures. Il croyait en des matières d'une légèreté très dense ou d'une impondérable pesanteur. Sans y avoir porté la main, car il croyait, d'abord, que la musique ne se touche qu'avec les yeux — sinon, pourquoi l'écrire avec une gomme ?

Comment faire pour que le tracé d'un chorus, comme celui du *haïkaï*, efface toute trace de son cheminement ? Comment procéder pour se rendre d'une note à une autre sans passer par où que ce soit ? Dans ses meilleurs moments, qui sont ceux d'une mélodie enivrée de ses absences, raréfiée à l'extrême, Lewis donne à déchiffrer cette nouvelle mouture du *Mystère de la chambre jaune* : sur une vaste étendue de neige, tirée au cordeau, on a placé, ici les pétales d'un coquelicot, ailleurs une cuiller en bois, plus loin une mèche de cheveux noirs, ou un éclat de bambou, ou trois petits cailloux qui brillent, ou un simple coup de râteau ; ça sent le blues et le brouillard qui brûle, mais il n'y a pas la moindre empreinte de pas sur le sol… Quand il est inspiré, le pianiste nous glisse sous les yeux une épure, exécutée à la pointe sèche. Quand il l'est davantage, il enfouit tout son bazar et procède à des émergences (qu'on dirait discrétionnaires, encore qu'elles ne soient jamais hasardeuses). Comme avec réticence, parfois, les lèvres pincées sur son effort, ou sur le rire des innocents, il plonge dans l'ombre bleue les bras de son smoking et en soulève par-ci par-là des récifs, des îles, des feux, des phares, des espèces de commencements, des débris de naufrage, de vieilles lectures, d'anciens Noëls, des dos de monstres marins, des papegais, des poissons volants, aux écailles multicolores, des masques de Venise et des têtes d'enterrement, l'éternel quai de gare, des noyés en habits du soir, qui ont soupé au casino, et des comtesses et des bergères, et des amours et je ne sais quoi.

Où mène cette croisière fabuleuse ? Justement, nul ne peut dire. Nul ne peut dire, parce que c'est ici chacun pour soi. La musique de John Lewis — en particulier lorsqu'il joue seul, ou accompagné par des hommes qui ont le chic pour regarder ailleurs au moment opportun —, c'est pour chacun de ceux qui l'écoutent qu'elle devient une ascèse. C'est chacun de nous qu'elle décante. Qu'elle filtre de ses impuretés. Qu'elle rend infiniment patient, n'espérant plus du temps qui passe que la patience même, telle une suprême extase. Cette musique se déchausse, allume avec modestie son bâton d'encens et pénètre, en robe de soie, dans le Jardin de la méditation profonde. Où l'on ne perçoit aucun bruit — seulement des échos. Où les gestes sont suspendus, comme aux phalanges d'un marionnettiste. Où le thé devient mystère, cérémonie, cabale. Où les idées s'expriment à voix basse et n'ouvrent plus la bouche qu'à coup sûr. La musique émiette ses notes sur les terrasses du temple, elle s'éparpille pour le bonheur des colombes. Les temples que fréquente John Lewis sont des maisons de poupées où se récite en permanence un éloge de l'ombre et des vérités transparentes. Votre ombre personnelle y reste accroupie derrière vous, afin de ne pas éclabousser les murs. Il règne, quand les dieux somnolent, une atmosphère de bloc chirurgical, absolument désert, presque fossilisé dans une parfaite asepsie ; sur un linge immaculé, la lumière rasante aiguise les instruments. Puis les dieux s'éveillent et les cerisiers fleurissent. On n'a encore tué personne, mais la vie est courte, tout à coup. John va servir son thé clair qui, pour bien se boire, doit se boire avec des baguettes, tel qu'il a été tiré de ses songes. Chaque goutte compte énormément.

La musique hésite sur le seuil de sa propre maison. Elle s'incline devant l'intimité de son silence. Elle se déplace sur la pointe des pieds. Elle se dresse un banquet austère et ne reprend jamais d'aucun plat ; il est interdit de parler à table. Tout s'accomplit avec résolution, mais dans une manière de regret. De nostalgie sceptique. Tout s'accompagne d'un adieu, il est assez frugal, pure volupté d'un pur éphémère. La plus fragile des actions devient un signe inaltérable. La vie est alors une série de coups de pinceau sur un support arachnéen, que le moindre faux mouvement pourrait crever. La vie ne l'ignore pas. Elle se fait un sang d'encre de Chine. Elle ne déborde plus du récit qu'elle inspire. Elle s'enferme dans les estampes qui la représentent, comme entre les murs d'un monastère. Si bien des jazzmen ont, lorsqu'ils jouaient, mordu la vie à belles dents, John, avec précaution, avec révérence, l'a repoussée sur le bord de l'assiette. Ainsi s'est-il tiré lui-même, à titre de compositeur et plus encore à titre de soliste, sur la rive du temps, écarté des circonstances, des climats, des hypothèses et des vicissitudes. Dépouillé des apparences, les fastueuses comme les pathétiques, il a su trouver — ou du moins chercher : en l'occurrence, ces mots sont synonymes — ce que des bouddhistes nommeraient à ma place sa Voie. Il a inventé un personnage impossible, dont il démontrait l'existence puisqu'il en était l'incarnation.

Assis, non pas entre deux chaises (ce qui eût encore été trop commode), mais sur deux chaises à la fois — l'une installée dans un salon florentin, pendant les Médicis, l'autre plantée sous l'arbre à palabres, au cœur des savanes —, il se paya le luxe de faire et de remporter le pari d'être un raffiné rudimentaire en même temps qu'un primitif décadent. Au total : un « primitif du futur », pour user d'une formule qui ne lui était pas destinée. Il fut encore un marquis à talons rouges, crapahutant dans la gadoue, dans la glaise collante du blues, et il fut aussi une vieille carcasse rouillée de ménestrel à banjo, empaquetée dans un frac impeccable. Il fut un révolutionnaire académique (il faut le dire), acoquiné à un passéiste visionnaire (on ne doit pas l'ignorer). Il ne s'autorisait pas grand-chose : presque tout lui fut permis. Même le ridicule avait un peu peur de John Lewis, ce griot qui prenait le petit déjeuner chez Tiffany. Interlocuteur zélé de Dizzy Gillespie, Lester Young, Charlie Parker, Miles Davis, porcelaine, parfois, dans un magasin d'éléphants, il bidouilla cette machine célibataire, le Modern Jazz Quartet — une auguste chignole à fabriquer du blues à la française (comme on dit des jardins) et du be-bop à l'italienne (comme on dit des théâtres). Il défendrait ensuite Ornette et Dolphy, figures patibulaires, au nom de Colombine et de Pierrot. Relayant Count Basie dans le rôle, il s'imposerait sous les traits d'un énorme faiseur de silence, architecte des trous, pourvoyeur de manques comme il en existe peu, bientôt virtuose de l'abstinence et de l'abstention, parsemant le vide de tout petits riens et hissant alors le dérisoire au niveau de l'essentiel. Sa technique majeure consistait à laisser les choses s'alourdir de leur propre poids, du limon de leurs souvenirs, s'alourdir, semblables aux paupières des mortels, et s'enfoncer lentement, imperceptiblement dans la réalité, telle Venise dans les eaux de la lagune. Elle fit de lui, sensualiste de l'impalpable, un minimaliste prodigue (jusqu'à en être envahissant, selon ses détracteurs). Et un minimaliste affreusement compliqué. Retors, à la limite. Doublé d'un pédagogue à frissons. D'un Socrate taciturne qui remplaçait par une énigme chaque évidence après l'autre, si bien qu'à ne pas lui verser la ciguë il n'y aurait plus, alentour, que des questions pour aboyer en cercle contre vous, les babines retroussées, du sang plein les yeux.

Toujours, cependant, il procédait dans la plus grande sérénité. Sans humeur, sans vertige. Sans coups de tête par-dessus l'épaule, pour voir approcher l'assassin. Comme s'il n'y avait urgence à rien et nulle menace à redouter, d'où que ce fût. Ses traits si brefs, lancés d'une main droite comme engourdie, ressemblaient à la flèche des traités zen de tir à l'arc, la flèche exacte qui connaît son but avant d'avoir quitté les doigts de l'archer et ne peut déjà plus dévier de sa trajectoire. Par chance, il était resté faillible (autrement, on ne saurait par quel bout l'aimer). Mais pour exorciser ses faiblesses, pour retaper ses châteaux en Espagne quand ils battaient de l'aile, pour se garder des passions comme des indifférences, John Aaron, prouvant combien il était sage, s'était muni d'une gomme. Un grigri qui, à ce qu'on raconte, ne l'a jamais quitté.

The finest drummer

« Un environnement détendu et civilisé où *doucement*[1] était l'ordre du jour, écrit son biographe Mike Hennessey[2], voilà exactement ce dont Kenny Clarke avait besoin en 1956. » Le 7 septembre, cette année-là, l'un des pères fondateurs du be-bop embarque sur le paquebot *Liberté*, en direction du Havre. Il espère bien quitter pour très longtemps, sinon de manière définitive, le pays qui l'a vu naître (à Pittsburgh, le 9 janvier 1914), ce pays où, musicien professionnel depuis le tout début des années trente, il s'est, au bout d'un quart de siècle, imposé comme le batteur le plus demandé de la scène new-yorkaise, en particulier dans les studios d'enregistrement. Son titre de transport est un aller simple, en première classe. « Klook »,

1. En français et en italique dans le texte original.
2. Cf. *Klook. The Story of Kenny Clarke*, Quartet Booke Limited, 1990, puis Université of Pittsburgh Press.

comme on le surnomme[1], s'exile luxueusement. Aux frais de la princesse. La princesse l'attend comme le Messie. Elle s'appelle Jacques Hélian, beau trompettiste, chef d'orchestre au nom connu de tout propriétaire d'un récepteur de TSF et oncle de Michel Legrand, lequel a mis les deux hommes en contact. En plus d'un contrat en bonne et due forme, le voyageur a dans sa poche deux cents dollars de l'époque, que son nouvel employeur lui a fait remettre à bord, sur instructions câblées, pour ses faux frais.

Un musicien de jazz se prendrait à moins pour un nabab des bastingages. Kenneth Clarke Spearman n'a jamais eu de ces vertiges. Il s'émerveille d'une telle offrande, la jugeant excessive. Voilà quelqu'un qui connaît sa place dans le monde. Il sait avec exactitude ce qu'il vaut. Quels sont ses pouvoirs et quelles sont ses limites. En homme modeste, il se prend tout au plus pour ce qu'il est : dans sa catégorie, le plus brillant des hommes de l'ombre. De peine et de misère, Chick Webb et Gene Krupa avaient tiré la batterie, cet établi à bibelots sonores, sous le feu des projecteurs. Kenny Clarke l'a ramenée derrière les idoles, derrière les lumières, presque dans la coulisse. Il ne recherche pas l'adoration des foules, les vapeurs d'encens : il se contente

1. Allusion à une onomatopée reproduisant une figure rythmique de son invention qu'il utilisait souvent : *klook-a-mop*.

d'être indispensable. Indispensable à la musique. Indispensable aux plus féconds improvisateurs, parmi lesquels il ne se range pas. Il déteste les solos de tambours. Il leur concède peu de substance et leur attribue une profonde sottise. D'ailleurs, sa carte de visite en témoignera bientôt, il ne se considère pas comme un batteur, mais comme un musicien (entendez : un expert en musicalité). Accompagnateur, c'est le seul titre qu'il réclame. Prestataire de services. Factotum du tempo. Gardien de la pulsation. Poseur de rails. Aiguilleur. Mécanicien et chauffeur de la locomotive. Il veille qu'à chaque seconde le train arrive à l'heure. Il fomente aussi, avec un tact inouï, des petites révolutions tranquilles, à coups de glissements imperceptibles, de réajustements infimes, d'audaces furtives. C'est un minimaliste, obsédé de la décantation. « La beauté, répète-t-il, réside dans la simplicité. » Il retient ses coups. Il veut se faire un allié du silence. Il *écoute*. Kenny est dans le secret des dieux, plus que les dieux eux-mêmes. Il les accouche des créations qu'ils ont dans le ventre, parfois à leur insu. Dans ce rôle, il se montre infaillible. Un jour ou l'autre, il a été Socrate pour Charlie Parker, Dizzy Gillespie, Fats Navarro, Miles Davis, Bud Powell, Thelonious Monk, John Lewis, Milt Jackson, Jay Jay Johnson, Sonny Rollins…

Sur le bateau, Kenny Clarke est heureux. Il fuit une certaine idée de l'Amérique, contre laquelle il s'est fait musulman[1]. Il fuit une vie fiévreuse, qui l'enrichit mais ne lui convient pas. Il a confié à Miles, avant de partir : « Presque quotidiennement, j'ai enregistré pour Savoy Records. Je suis fatigué. » Il songe à la France comme le travailleur de force rêve à un bon lit. Mais surtout, il va revoir Paris. Entre lui et cette ville, c'est une déjà vieille histoire. Aux multiples péripéties. Dès 1938, il avait tenu à s'y rendre, bien qu'elle ne fût pas l'une des étapes de l'orchestre d'Edgar Hayes en tournée, auquel il appartenait alors. Il y avait rencontré Django Reinhardt et Alix Combelle. Il avait apprécié l'« atmosphère spéciale » de l'endroit et regretté de ne pouvoir y séjourner plus longtemps. À la Libération, mobilisé dans le 13e Special Service, il avait eu l'occasion d'y revenir à la tête d'une formation comprenant douze choristes (il jouait du trombone) et de se produire quatre soirs au Théâtre de la Madeleine. Gertrude Stein vint l'entendre et lui dit son émerveillement. De son côté, il fut conquis par un rythme de vie *slow and easy* (je le cite), et par un peuple d'après lui moins superficiel que ses compatriotes. Quelques an-

1. Prenant alors le nom de Liaquat Ali Salaam, dit Kenny Clarke.

nées plus tard, en 1948, il se trouvait à Pleyel avec le big band de Dizzy Gillespie, le fameux, celui qui secouait le cocotier avec frénésie. L'orchestre ayant honoré ses engagements, les instruments de Kenny étaient retournés aux États-Unis sur le *De Grasse*, avec le gros de la troupe. Lui, cependant, était resté (comme John Lewis). Pendant cinq mois, à Vincennes, il avait dirigé une école de percussion fondée par le facteur de batteries Marcel Faivre. Il avait gravé des disques. Il s'était produit dans divers établissements de nuit, au Rex des boulevards (alors un dancing), puis au Club Saint-Germain, qui venait justement d'ouvrir ses portes. Il s'était lié d'amitié avec Nicole Barclay, laquelle, dès le mois de mai 1949, allait l'inviter au Festival international de jazz de Paris, dont il serait la cheville ouvrière. Cette fois, il s'attardera près de deux ans, jusqu'en avril 1951. Seules des difficultés d'ordre familial et sentimental le pousseront à rejoindre New York. Dans l'intervalle, il avait même tenté de convaincre Charlie Parker, à son tour séduit par l'Europe, de s'établir sur les bords de la Seine.

Mars 1957. Jacques Hélian tombe malade et doit dissoudre son orchestre. Klook s'associe à différents pianistes : Hazel Scott, Martial Solal, René Urtreger, Maurice Vander. En décembre, il enregistre, sous la direction de Miles Davis, la musique d'un film de Louis Malle qui, avouons-le, ne serait pas grand-chose sans eux, *Ascenseur pour l'échafaud*. À l'automne de l'année suivante est lancé le Blue Note de la rue d'Artois, dont le directeur, Ben Benjamin, lui demande d'accepter les fonctions de « batteur en résidence ». Clarke écrira la légende des lieux. Il y accueillera Lester Young à la veille de sa mort et, pendant près de quatre ans, offrira au gotha des Américains de passage une inépuisable source d'inspiration, souvent au sein d'une section rythmique qui l'associait à Bud Powell et Pierre Michelot et n'usurpait pas sa raison sociale de « Three Bosses ». Toujours la cymbale la plus attentive, la plus attentionnée, la plus élastique de la planète. Toujours cette sonorité de caisse claire qui sent le bois, le bleu, le mystère et sortilège. Toujours ce jeu de balais relevant, quand le vent souffle, de la poésie pure. Et pourtant…

Doucement. Le mot d'ordre, oui. Le maître mot. Kenny tire avec patience sur l'une de ses pipes Peterson. Il boit avec modération. Renonce à la drogue. Donne à qui sait les entendre, sans desserrer les dents, toute une série de cours magistraux, sur le thème de la densité des choses volatiles. Il porte quelquefois de ces gilets de collectionneur de timbres, tricotés, qui se boutonnent sur le devant. Il baragouine — le moins possible, d'ailleurs — la langue du pays. Il s'est intégré, mais en gardant ses distances. À Paris, on le visite avec les autres monuments. Il est le Jocond du jazz. Le 1er avril 1962, il a emménagé dans un pavillon de banlieue, au 142 bis de la rue de Rosny, à Montreuil-sous-Bois, quelques semaines avant d'épouser Daisy Dina Wallbach. Il y finira ses jours avec elle, le 26 janvier 1985, entre un exemplaire du *Petit Larousse* et *Le Défi démocratique* de Georges Marchais. En attendant, il cultive ses roses. Lui-même fait partie du paysage. Soupçonne-t-il, au milieu des années soixante, qu'il fait déjà un peu partie des meubles ? Si oui, s'en inquiète-t-il ? Sûrement pas. S'en plaint-il ? Encore moins. Sur l'autre rive de l'Atlantique, son nom, à juste titre, envahit les manuels d'histoire ; en revanche, il s'est effacé de la liste des batteurs les plus estimés que publient chaque année le mensuel *Down Beat* et d'autres revues. S'en moque-t-il ? Disons qu'il a sa conscience pour lui et se débrouille très bien avec ça. Tout passe. Kenny Clarke aussi, et ça ne l'empêche pas de dormir. Il savoure la volupté des jours tranquilles à Montreuil. Plus tard, il notera dans son journal : « Je suis à l'automne de ma vie, et quand les feuilles commencent à tomber, je ne suis pas du genre à grimper à l'arbre pour les recoller à leur place, et quand les feuilles brunissent, ne les repeignez pas en vert ! » La France fut douce à cet homme-là. Peut-être le fut-elle à l'excès. Cette douceur l'a enveloppé. Endormi. Ankylosé. Anesthésié. Contaminé. À son contact, il s'est — comment dire ?... — velouté. J'hésite à l'écrire, parce que je l'aime trop, mais Kenny, insensiblement, s'est abandonné à cette tentation suicidaire pour un artiste : jouer sur le velours.

Oh ! il est resté jusqu'au bout, dans son pré carré, dans ce jazz qui était le sien mais qui n'était plus celui du temps présent, *the finest drummer in the world* (*the finest*, et non pas *the best* : dans son cas, la nuance est capitale). Mais justement ! Il l'est *resté*. Ne pas repeindre les feuilles, c'est très joli. Ce qu'il faut, pourtant, n'est-ce pas planter un nouvel arbre ? Il l'a fait, j'entends bien. Il l'a fait pour les autres. En inaugurant une école de batterie avec Dante Agostini, dès 1967. En concevant, secondé par le même partenaire, une méthode instrumentale. Il l'avait fait en fondant avec le pianiste, compositeur et arrangeur belge Francy Boland, quelque temps plus tôt, un big band magnifique, qui n'allait ressembler à aucun autre. Mais, s'il était l'âme de cette formation, il n'en était pas le moteur. Seulement l'un des rouages. Et pas l'un des plus nécessaires. Lui-même quittait son tabouret pour mieux apprécier l'exécution des partitions de Boland qui, s'écriait-il ingénument, swinguaient sans le secours d'un batteur. Désormais trop paresseux pour assimiler des arrangements complexes, il se déchargea de ce rôle sur un confrère britannique de grand talent, Kenny Clare, lequel, ayant accaparé déjà l'essentiel de son nom, lui aurait au surplus volé la vedette, le patriarche n'eût-il joui du prestige consenti aux légendes. Klook avait perdu le goût, non seulement d'étonner son public, mais de se surprendre. Sur le tas, où d'aucuns font la grève, il prenait sa semi-retraite. Pendant ce temps-là, Max Roach, sans franchir non plus les limites de son univers, le renouvelait en permanence par une exploration têtue de sa quatrième dimension (grâce à quoi il put donner à Cecil Taylor, à Archie Shepp, à Anthony Braxton une réplique plausible). Art Blakey creusait son vieux sillon. Avec une telle passion, toutefois, qu'il crevait la croûte des habitudes et se retrouvait en terre inculte dans son propre labour, éternellement au premier matin du monde, les semelles dans la rosée. De sa génération, parmi les très grands, seul Kenny Clarke, en d'autres termes, donnait l'impression de finir. En douceur, certes, mais ce n'est pas une excuse.

Kenny, explique Mike Hennessey, ne se tenait pas pour un géant. Eh bien, il avait tort ! Qui ne connaît pas sa stature risque de chausser des souliers trop petits et de se cogner le front au chambranle de la porte. Tandis que le glorieux, lui, louchera sur les bottes de sept lieues et, avec un peu de chance, renversera le mur. Il n'y a pas d'apparence que les gens qui ne doutent de rien viennent à manquer. Celui-là n'avait pas à douter de quoi que ce fût, seulement il n'en a pas tiré profit. La perfection, par miracle, lui avait été accordée : il ne fut ni assez fou, ni assez sage pour la remettre en jeu. Ayant décroché le pompon, il cessa de tirer sur la ficelle. L'orgueil lui aura fait défaut. En art, s'il vous plaît, n'exigez que l'impossible. Soyez prétentieux. Ne le soyez pas aux dépens d'autrui, soyez-le contre vous-même. Jetez-vous à corps perdu dans des batailles perdues d'avance. Au milieu de nous, Kenny Clarke ne se protégeait pas de la violence américaine, en dépit de ses déclarations : il empêchait son propre génie de *lui* faire violence. Il l'a civilisé avec un sens, paraît-il très français, de la mesure, de l'élégance, de la courtoisie et de la discrétion. Or, l'arrogance est la politesse du génie, le respect qu'il doit à cette flamme confiée à ses soins. L'inconscience est la part du feu que son extralucidité lui réclame. Et l'échec représente le lot ultime de ce jeu de dupes connu sous le nom de création. Après quoi, on peut aller vendre des fusils à des souverains peu recommandables, sur les côtes de l'Arabie.

Jack, le nègre blanc

Il construisait de vaines machines, très compliquées, très futuristes, des psychés à transformation, de terribles planches à repasser qui effrayaient les gens et s'en allaient toutes seules pendant qu'il jouait aux cartes. « Je n'ai rien de si spécial », jurait-il cependant aux curieux, à la veille d'être porté en terre. Il valait mieux le laisser dire. Il était trop tard pour lui ouvrir les yeux. Le marchand de sable n'était plus son cousin. Ayant eu à contenir tant de visions, tant de songes, tant d'insomnies précieuses, ses paupières étaient maintenant beaucoup trop lourdes. Le soir venu (le soir venait alors sous le moindre prétexte, à n'importe quelle heure du jour ou de la nuit), elles retombaient toutes seules sur une pièce qui s'était écrite dans son dos, même si elle ne parlait que de lui et l'exhibait au centre de la scène, affilant ses propres mots sur la pierre de son propre silence, déroulant l'intimité de son ombre dans son petit crépuscule portatif.

Au bord de la tombe, menacé d'éternité, il n'en démordait pas : « Je n'ai rien d'extraordinaire. » L'ordinaire, Mr. T n'avait seulement jamais su ce que c'était. Il était né, quelque part au Texas, dans la « Queue de la Poêle », à la croisée de la Légende et de l'Histoire. Des contes et des ragots, des souvenirs et des illusions flottaient dans l'air. Réfugié dans les collines, le Grand Esprit comanche entretenait de son haleine la vieille buée des massacres. Sur le palimpseste des pistes, les pneus des premières automobiles n'avaient pas brouillé les traces du dernier bison. Dans les rails du chemin de fer, quand on y collait l'oreille, c'était encore le bruit des troupeaux qui grondouillait. Entre les derricks, ces miradors d'où l'on voyait accourir le Progrès, les nouveaux riches patinaient sur un lac d'huile ; leurs pieds n'avaient pas encore eu le temps de se faire à la nouvelle mode des chaussures. Le culte de la brutalité, le goût des embuscades et des grands défouraillements renaissaient chaque jour avec la rosée du matin. L'un de ses premiers emplois comme tromboniste, Weldon Leo Teagarden, dit Jack, l'avait décroché au Palais de la Corne, du côté de San Antonio. Il s'y retrouva plaqué sous la mitraille, suffoqué par la fumée des armes et les relents de cordite. Après quoi il reçut des menaces de mort, survécut à une inondation, épousa une demoiselle du téléphone qu'il connaissait à peine, s'empressa de lui être infidèle et faillit se faire lyncher par un quarteron de colonels mexicains. Qui aurait encore besoin de rêves, disposant d'une réalité comme celle-là ?

Teagarden. Ce nom évoque une traduction anglaise du japonais. Jack était prussien et hollandais du côté de sa mère ; par son père, il avait tout un côté allemand. Bien des photographies lui prêtent volontiers une ascendance peau-rouge de la main gauche. Vieillissant, il aura des airs un peu chinois. En dépit d'une généalogie sans mystère, Mr. T semble un individu aux origines confuses. Le chef d'orchestre Fletcher Henderson, illustre Noir aux joues roses, lui demandera un jour, en confidence, s'il n'était pas de ces nègres qui ont « passé la ligne » en douce. Bien d'autres, qui prétendaient distinguer les races au grain de la voix, au son de l'instrument, s'en étaient déjà convaincus. Et lui, avec un sourire en coin : « Je ne sais pas, les gars. Je ne sais pas… » En vérité, Mr. T était un musicien de toutes les couleurs. Le premier, du reste, à prétendre que la rencontre du jazz et de l'Amérique était une occurrence tardive et, sans doute, un malentendu. Que cette musique — comme lui-même, si ça se trouve — venait de plus loin.

Qu'elle devait se rendre ailleurs pour trouver à qui parler dans sa langue maternelle. Toujours plus loin, au rebours de la conquête de l'Ouest. Vers le soleil levant. Du côté de la Cochinchine et du Fuji-Yama. En 1959, il avait visité ces contrées avec son orchestre. On l'y avait reçu comme l'enfant prodigue. À Hong Kong, un club de jeunes filles broda une banderole à sa gloire. Un président en exercice le consacra membre émérite des boy-scouts de Rangoon. Le roi du Cambodge lui confia certaines de ses compositions ; celui de Thaïlande, saxophoniste du dimanche, fit le bœuf en sa compagnie. Sur la fin, Jack caressait le projet d'enregistrer avec des musiciens traditionnels, des Asiatiques qu'il avait pu admirer. L'autre bout du monde, c'était devenu son bout à lui.

Toutes les couleurs ensemble, c'est la définition du blanc, qui, chacun l'apprend, n'en est pas une. Aussi éprouvait-il une euphorie sans égale à se noircir de toutes les façons. Dans le creux de sa main, les verres reconnaissaient leur lieu naturel. Quant à la musique — celle qu'il aimait d'amour —, elle lui venait du creux de la nuit. Elle se glissait par sa fenêtre, les beaux soirs d'enfance. Elle l'arrachait aux rêveries stériles. Elle l'entraînait dehors, vers la barrière où elle l'installait à califourchon… À Vernon, dans le bas de la rue Mesquite, transformée en une piste poudreuse butant contre la voie du chemin de fer, bivouaquent par centaines, à la lumière des braseros, les chemineaux de Dieu, les vagabonds célestes, renvoyés d'un bord à l'autre de l'État, depuis la guerre de Sécession, par les écriteaux contre lesquels ils se cognent partout : *Nigger, don't let the sun set on you !* (Nègre, ne laisse pas le soleil se coucher sur toi !). Rassemblés en congrégations, au bénéfice de leurs errances, ils organisent le long des rails, ici et là au bord des villes, des jamborees voués à la prière, que rythment les claquements de mains. On vocifère la Charité, l'Espérance et la Foi. *Oh, Lawd !* On chante le Seigneur des jours durant, longs comme des jours sans pain. On L'appelle après le coucher du soleil, faisant le manège autour des braises, ivre sans avoir bu, dans un crachin d'étincelles, un sourd charivari de sabots. Chacun peut baigner son visage dans une brise obscure. *Swing low, sweet chariot.* On Le loue si fort, l'Éternel, si longtemps, on Le loue tant et si bien qu'on en devient un peu propriétaire. Quand on ne loge nulle part, il est recommandé de squatter le Bon Dieu. Et le petit Weldon, sur sa clôture, ne comprend rien de cela. Mais il entend tout. Il oscille, chavire et balance. Il ne s'en rend pas compte, mais son cœur, déjà, bat dans le tempo. Son cœur a pris ce pli pour toujours. On pénètre sous le couvert de la musique noire comme dans une cathédrale. La lumière, les ténèbres, qui sait encore la différence ?

Après le gospel, Jack Teagarden découvrit le blues à Houston. Le revers de la médaille. L'envers du paradis. Les silences du Ciel, recouvrant un monde interdit, interlope. Il découvrit dans ses disques l'impératrice de ce mauvais royaume, Bessie Smith. Il l'écouta dans un théâtre de la ville. Son chant déployait toute une sauvagerie solennelle. Il s'y sentait comme chez lui. Comme chez lui quelque part, pour la première fois de son existence. Et à jamais. Il resterait blanc de peau, plus ou moins. Sa musique irait habiter une moiteur et un désastre. Une sorte de nostalgie africaine. Une mémoire douloureuse, qui n'aurait pas dû être la sienne. Un exil auquel il aurait dû échapper. Comme pour s'excuser, il invoquait le destin : « J'ai fait ce que j'ai fait, comme je l'ai fait, parce que je n'aurais pas su m'y prendre autrement. » Une fois de plus il chantait : *I gotta right to sing the blues*. Le droit du sol, c'est ce qu'il faut comprendre. Louis Armstrong venait lui pomper la main, à la fin de ses chorus.

On ne naît pas nègre blanc, ce serait trop facile. Et la vocation ne saurait suffire. On est reconnu tel par des hommes plus noirs que le charbon, et par ceux-là seulement. Cela n'arrive presque jamais. Dans le jazz moins qu'ailleurs.

On cite toujours le cas de Johnny Otis[1], qui a franchi la ligne dans l'autre sens. Billie Holiday dit un jour à Mel Tormé qu'il était le seul chanteur blanc de sa connaissance à « mériter d'être noir ». « Tu es noir, vieux, même si personne n'ose te le dire », murmurait Dizzy Gillespie à l'oreille de George Shearing, musicien aveugle, né cockney. Avec Teagarden, la question ne se posait pas. La noirceur lui venait naturellement aux lèvres. Jamais il ne prit la peine de se négrifier. Il était bien trop paresseux pour cela, valseur d'une valse lente qu'alourdit peu à peu une ombre qui vient du dedans. L'ombre d'une ombre sur son cœur.

1. De son véritable nom John Veliotes. Batteur, pianiste, vibraphoniste et chef d'orchestre d'origine grecque, né en Californie en 1921. « J'ai décidé, disait-il, que, puisque la société nous impose d'être noir ou blanc, moi je choisirais d'être noir. »

Art Blakey l'Africain

Je suis né, ce monde était froid.

On respire à Pittsburgh, en longeant les murs graisseux, une buée de banquise. Passé à la paille de fer, à cause du nuage de limaille qui s'échappe des meurtrières, dans le quartier des usines, le vent du nord vous écorche les joues, pose sur votre nuque un verrou de glace. Derrière les murs protégés de l'amour et des frivolités par une confiture de tessons tartinée sur le faîte, on construit des autos. Avant de sentir le cuir en fleur, le tabac de Virginie, la peinture émaillée, elles vous lancent au visage, tandis que leur squelette rassemble ses os sous la nef des forges, entre les appareils, une haleine de vieille micheline et de pattemouille rouillée.

Comme tous ceux de mon peuple, je suis né loin de mon pays. Loin des marigots, des savanes, des pirogues, des fumées de lion, des touffeurs de brousse, des pluies rares et lourdes, chargées de fluides et de semences, des greniers d'argile et des fromagers à parole, des Noirs à reflets bleus. Loin de tout ce qui est sacré : loin des masques, des tambours, des palabres, des présages, des sacrifices, des danses des sépultures, des révélations. L'Afrique était en moi : je n'étais pas en elle. Elle me brûlait, me calcinait et cependant elle grelottait en moi. Mon histoire est celle d'un homme exilé de ses souvenirs, qui réchauffe l'Afrique en son sein. Mon histoire est celle d'un homme qui marche vers des canicules, couvert d'un soufre de colère et d'amertume, en essayant de ne pas prendre feu.

J'ai rencontré d'abord l'Afrique en suivant mon père au fond des ateliers. Retenant mon souffle, cherchant ses traces, j'ai pénétré à douze ans dans le brouillard de suie et de sueur des aciéries Carnegie. J'ai rencontré ma première canicule au pied des hauts fourneaux. Contre un horizon de collines noires et luisantes, pelletées par des silhouettes, tourbillonnait un nuage d'insectes scintillants : moustiques en gerbes de gouttes d'ambre, grosses mouches incandescentes, libellules de tungstène libelluminées de l'intérieur, pépites ailées, jusqu'à des phalènes et des scarabées d'or. Il faut plonger sa tête dans ce bourdonnement torride, mettre ses cheveux à crépiter parmi l'essaim et sentir sa chair fondre, l'huile rouler sur son visage, sentir son sang grésiller le long de ses veines, comme les mots d'amour grésillent le long des fils télégraphiques, comme les insectes grésillent dans l'air torréfié de l'Afrique, entre les collines bleues.

À quinze ans, j'étais marié. À seize, père de famille. Je menais ma vie à marche forcée. Je n'étais pas précoce. Au contraire ! Je tendais l'oreille vers un appel ancestral et mon oreille me tirait derrière elle, de plus en plus fort, de plus en plus loin des briques grasses, de l'asphalte martelé par les talons de l'averse. J'ai trouvé la musique sur ma route. Elle m'attendait. Longue et droite comme une ombre du matin. Longue et droite comme un berger peul, montrant le haut du ciel de sa lance. Elle portait un arc et un carquois en bandoulière ; elle s'en allait chasser le lion ; j'ai emboîté son pas. Je mourais de peur, mais je renaissais enfin dans mon pays natal d'avant ma naissance. Le jour, je m'enlisais dans les ténèbres aveuglantes de l'usine. La nuit, j'étais un papillon cloué au néon des établissements. J'essuyais mes paumes sur mon pantalon et je tenais le lion par la queue en priant que l'aube ne le dévore jamais. L'insomnie fut ma seconde Afrique. Elle installait la canicule entre mes tempes. Mon regard était injecté de fièvre. La réverbération faisait onduler mes paysages.

Mes mains empoissées ont pris au piège assez de musique, reconnu à tâtons assez de touches sur les pianos pour qu'on m'embringue dans les orchestres. De ville en ville, j'ai mangé la poussière des chemins, des estrades, lavé par les orages. Un jour, là-bas quelque part, un gangster a pointé sur moi une sorte de mousquet. Il m'a dit : « Toi, négro, laisse ce clavier tranquille. Joue de la batterie ou je te refroidis. » C'était la chose à dire, je l'ai compris tout de suite. Je buvais comme un trou, entretenant l'intimité de la brûlure. Tant bien que mal, j'apprenais des gestes, j'apprivoisais le tonnerre. Big Sid Catlett m'a pris à part. Il avait un air triste. « Petit, l'alcool n'a pas de peau. C'est le privilège de l'homme et du tambour. » Sous la peau des tambours bat le cœur africain. Il faut le chercher à mains nues. Là au fond, dans le cambouis de l'été. Mes ongles ont tracé des prières sur ce parchemin. Elles furent exaucées. Je partis en tournée avec la formation de Fletcher Henderson.

Dans la ville d'Albany, en Géorgie, deux flics m'ont embarqué. Le motif était : parce que. Parce que ici, on n'est pas en Afrique, mon gars, et que, partout ailleurs qu'en Afrique, un nègre est de trop. Ils m'ont tabassé toute une nuit dans un commissariat. J'ai reçu le baptême des tam-

Art Blakey at Blue Note Session, 1961.

bours. Mon instrument et moi, nous sommes frères de sang désormais. Ma vocation, je n'en étais pas tout à fait sûr : ce soir-là, elle m'est entrée dans le corps par effraction. Elle n'en sortira plus, enfermée derrière une plaque d'argent vissée sur les os de mon crâne par un serrurier du dispensaire. Cet homme m'a dit dans un soupir : « Tu as eu chaud. »

Charlie Parker et Dizzy Gillespie avaient allumé un feu de brousse. Une aurore flambant neuve, flamboyante, une aurore de fournaise s'est levée sur le jazz. On l'appela be-bop, et Langston Hughes dévoila le pot aux roses : c'est le bruit de la matraque qui rebondit sur la tête de l'homme noir. Je suis retourné dans la forge. Dans la forge du be-bop, Dizzy, Bird, Fats Navarro, Miles Davis, Dexter Gordon boitaient des deux pieds, secouant comme des ailes leurs tabliers de cuir. Billy Eckstine tenait la boutique, sa gomina et son sourire luisant dans la fumée. Big band be-bop. Le premier de tous. Il brûla les planches, jusqu'à l'os, mais laissa derrière lui des disques qui m'évoquent les funérailles d'Abraham Lincoln où, dit-on, même les chevaux pleuraient. Il est difficile de couler le métal en fusion dans la cire. À cire perdue, voilà comment nous avons enregistré, avec Mr. B. Là-dessus, j'ai vu Monk, et Monk me regardait. Nous ne nous sommes plus quittés des yeux. Ses yeux de silence et d'énigme m'ont suivi en Afrique, lorsque je m'y suis rendu.

Quand il eut lieu, ce voyage, nul ne le sait. Plusieurs, qui ont épluché mes feuilles de route, prétendent que je n'ai jamais eu le temps matériel de l'effectuer. Moi-même j'hésite, à cette heure. On file insensiblement, on file à travers l'espace et la mémoire confisquée — il suffit parfois de détourner un peu la tête. Même si je ne suis pas allé me glisser dans le lit des commencements du monde, dans le lit des canicules, le fait est que j'en suis revenu. J'en suis revenu, de Mother Africa. Et ce fut ma seconde renaissance. Notre Mère elle-même, je ne la laisserais pas me réduire en cendres, ni le plus inflammable d'entre nous. Il faut garder ce feu pour la prochaine fois. Pour une prochaine Amérique, où nous ne porterons plus sur nos épaules le poids de toutes les noirceurs de l'univers. Batteur lui aussi, Art Taylor a voulu m'interviewer, à l'orée des années soixante-dix. Je lui ai dit : « L'Afrique ? Je n'ai rien à voir avec l'Afrique ! Il n'est pas un Noir de ce côté-ci des eaux en qui le sang africain coulerait à l'état pur. Chacun de nous, aux États-Unis, est une personne multiraciale dans une société multiraciale. Notre noir est un arc-en-ciel. Nous descendons des esclaves, mais ce n'est pas l'Afrique qui nous a réduits en esclavage. Ce n'est pas pour l'Afrique que nous avons ramassé le coton.

Ce n'est pas aux branches de l'Afrique que nous avons été pendus. Si nous devons découvrir la Terre promise un matin, ce sera l'Amérique ou rien d'autre ! »

En 1949, je m'étais fait musulman : Abdullah Ibn Buhaina, « Serviteur d'Allah fils d'un disciple de Jésus ». Tout le monde m'appelle Bu, à présent. J'ai porté la chéchia. J'ai porté le smoking. J'ignorais ce que « paix » veut dire, et je fumais à tous les calumets. J'ai eu la religion de l'Herbe et des Substances. Longtemps après, je suis devenu cultivateur. J'ai revêtu la salopette, j'ai acheté un chapeau texan. Je pèse sur les mancherons, j'enfonce la houe dans le ventre du monde. Dans les années cinquante, je n'avais rien planté et je croyais faire des récoltes. J'avais mis ma charrue devant le printemps. L'été m'avait ébloui. Je prétendais dévisager le soleil. J'avais autour de moi un régiment de moissonneurs, tous Africains de l'Amérique et des îles, tous descendants de la traite. Héritiers des cérémonies anciennes. Pensions-nous ! Et, forts de cette certitude, nous n'y sommes pas allés de main morte. Percussionnistes de l'extrême, nous abattons le fléau, nous battons les fers chauds de l'esclavage, frénétiquement,

Thelonious Monk, Paris, 1964.

nous martelons toute une nostalgie terrible dans des disques nommés *Orgy in Rhythm, Holiday For Skins, African Beat.* Je ne veux pas les renier. Ce monde était froid : nous voulions le réchauffer. Nous voulions échanger le givre contre la fièvre. Dresser devant l'hiver un contre-feu. Nous ne voulions pas mourir, voilà la vérité, cousus pleins de tendresse et de mélancolie dans nos vieilles peaux, refusant la mue du linceul. Nous n'avions pas encore l'idée de nous rajeunir, nous, plutôt que de rajeunir notre passé.

Avant de m'allonger sous la terre d'ici, avant de mêler mes cendres aux cendres des pionniers, j'ai remonté le cours des saisons. J'ai refait ma conquête à reculons, brûlant — c'est bien le mot qu'on emploie : *brûlant* ? — brûlant de retrouver le temps des semailles, de réinvestir l'obscure odeur des labours, de recreuser les sillons de l'Amérique, de rebâtir Pittsburgh pierre à pierre. Et ma troisième renaissance, j'espère, aura été le Renouveau lui-même. Quelque chose de frais. Quelque chose de vert. Un essor. Une réalité sur quoi les songes de brousse peuvent passer telle une brise féconde. Je l'ai désirée plus que tout. J'envoyais mon désir en éclaireur derrière la ligne d'horizon quand la solitude me tendait ses embuscades. Je voulais croire que le futur avait de l'avenir.

Alors j'ai retenu mon souffle et je crois bien que je me suis endormi.

Crédits photographiques

pages 14-15, 140 : Guy Le Querrec/Magnum.
page 20 : Marvin Koner/Corbis.
pages 37, 137 : Mosaic Images/Corbis.
page 44 : Rue des Archives/ITAL.
pages 56-57 : Bettmann/Corbis.
page 65 : Rue des Archives/AGIP.
page 67 : Pascal Fellonneau/GetThePicture.
page 70 : Gaëlle Magder.
page 73 : Rue des Archives/RDA.
page 81 : Hulton Deutsch Collection/Corbis.
page 85 : Stéphane Duroy/Agence Vu.
page 92 : Deborah Feingold/Corbis.

L'enfant qui rêvait d'être vieux 9
Le grand nulle part 23
Et Stan Getz m'a vu... 31
Mysterious Chet 41
The passengers 51
Between the Devil and the Deep Blue Sea 63
Images 75
Le nord à deux 89
Henri Crolla : Paris jazz 99
John Lewis : sur la pointe des doigts 107
The finest drummer 115
Jack, le nègre blanc 125
Art Blakey l'Africain 133

Composition Nord Compo
Impression Clerc
à Saint-Amand Montrond, le 23 février 2007
Dépôt légal : février 2007
Numéro d'imprimeur : 9442

ISBN 978-2-07-034171-9./Imprimé en France.

145996